Oetinger

Sandra Grimm wurde 1974 in einem kleinen norddeutschen Dorf geboren. Später trieb sie das Fernweh in verschiedene Städte, um zu studieren und zu arbeiten. Dabei hat sie unzählige spannende Geschichten gesammelt und viele tolle Menschen kennengelernt. Vor einigen Jahren zog es sie zurück nach Norddeutschland, wo sie jetzt mit ihrem Mann und ihren drei Söhnen lebt und Kinderbücher schreibt. Zahlreiche dünne und dicke Bücher voller Abenteuer schmiegen sich in ihren deckenhohen Regalen bereits aneinander. Und viele weitere Figuren und Geschichten tummeln sich in ihrem Kopf und warten darauf, erzählt zu werden ...

Anja Grote ist Diplom-Kommunikationsdesignerin und Illustratorin. Sie hat an der Rhein-Sieg-Kunstakademie für Realistische Bildende Kunst und Design in Hennef studiert. Nach sechs Jahren in einer Kölner Design- und Werbeagentur wechselte sie 2013 in die Selbstständigkeit. Seitdem illustriert sie mit viel Liebe Kinderbücher.
www.anjagrote.de

Sandra Grimm

DER KLEINE FLOHLING

Wunder im Littelwald

Mit Bildern von Anja Grote

Verlag Friedrich Oetinger · Hamburg

Von Sandra Grimm bei Oetinger bereits erschienen:

Der kleine Flohling. Abenteuer im Littelwald

Der kleine Flohling. Weihnachten im Littelwald

MIX
Papier aus verantwortungsvollen Quellen
FSC® C002795

Originalausgabe
1. Auflage

Druck und Bindung: Livonia Print SIA,
Jūrkalnes iela 15/25, LV-1046 Riga, Lettland
Printed 2022
ISBN 978-3-7512-0210-7

www.oetinger.de

Inhalt

Maifederleicht

Ein sanfter Wind hauchte durch die zarten Blätter der Bäume im Littelwald. Zart griff er unter die Flügel der kleinen Vögel, behutsam hob er die winzigen Insekten in die Luft. Alle Samen und Pollen sammelte er ein und pustete sie in die Welt hinaus, pustete und pustete sie bis hinein ins Litteldorf. Dort ließ er sie über den Dächern kreiseln, bis er die schönsten Plätze für sie fand. Schon legte er hier einen Samen ab und dort ein paar Pollen. Die kleinen Löwenzahnschirmchen aber wirbelte er am längsten herum, setzte sie in Dachrinnen und in Gärten, überall dorthin, wo sie mit ihrem satten Gelb eines Tages einen Littel erfreuen könnten. Und so landeten ein paar Schirmchen, ganz bedächtig, im Hof der alten Littelmühle, nisteten sich ein zwischen Steinen und Gräsern und konnten es kaum erwarten, zu keimen und zu blühen – und den kleinen Littel Flohling zum Lächeln zu bringen.

Dieser junge Littel sprang gerade pfeifend zur Hintertür der alten Mühle herein und schmetterte ein fröhliches »Guten Morgen!« in den großen Raum, als ihn ein scharf gezischtes »Pssst!« zusammenzucken ließ.
»Oh, Entschuldigung, schläft noch jemand?«, flüsterte Flohling und sah zu Mukis Nest hinauf. Das kleine Muski

nahm seinen Job als Helfer in Flohlings kleinem Tierkrankenhaus sehr ernst. Die ganze Nacht ließ es ein Auge offen, während es kopfüber am Balken hängend vor sich hin döste. Jetzt war es hellwach und deutete hektisch auf die Fensternische, in der eine große Eule unruhig hin und her zappelte. Sie stöhnte leise.

»Hatsie schlecht geschlafen«, wisperte Muki. »Hatsie schrecklich traurig geschuhut. Binich jetzt auch traurig.« Er flatterte rasch zu Flohling und umarmte sein Bein. Lächelnd beugte Flo sich zu ihm hinunter. »Ich schau nach ihr, Muki«, tröstete er. »Mach dir keine Sorgen, es geht ihr mit jedem Tag besser. So ein gebrochener Flügel heilt nun mal sehr langsam.«

Muki nickte beruhigt, murmelte »Schlaf ich dann jetzt« und flatterte in sein Nest oben auf dem Balken, wo er sich raschelnd einkuschelte. Nun musste er eine Zeit lang niemanden im Auge behalten und konnte sich in aller Ruhe erholen.

Flohling stellte seine Tasche auf den Boden und zog seine Stiefelchen aus. Dann lief er auf Zehenspitzen zur Fensternische hinüber. »Guten Morgen, liebe Elsie. Hab ich dich geweckt? Das tut mir leid«, sagte er leise.

»*Schuhu* schon gut«, krächzte die Eule. »Ich habe kaum geschlafen. Obwohl es hier sehr gemütlich ist«, versicherte sie. »Der dicke Ast passt prima für mich. Aber der Verband drückt, und es ist schwer, das Gleichgewicht zu halten, ach, es ist ein Jammer mit mir.« Sie drehte den Kopf zur Seite. Offenbar schämte sie sich dafür, dass sie Hilfe brauchte.

»Ich bin froh, dass du hier bist«, sagte Flohling. »So weiß ich, dass du gut versorgt bist. Und ich mag deine schönen *Schuhu*-Rufe sehr gern. Außerdem hast du unglaublich weiche Federn, die ich so gern streichle.«

Die Eule drehte ihren Kopf zurück und sah ihn dankbar an. »Du bist nett, *schuhuuu*«, sagte sie und raunte ein extra langes *Uuuu* für ihn.

Flohling lächelte. »Ich bringe dir gleich dein Frühstück«, versprach er. Und dann begann er mit seiner morgendlichen Arbeit.

Es dauerte jeden Tag fast eine Stunde, bis Flohling nach seinen tierischen Patienten gesehen und ihnen Essen gemacht hatte. Als Tierdoktor des Dorfes kümmerte er sich um wild lebende Tiere genauso fürsorglich wie um Haustiere. Manche der kranken Tiere brauchten warmen Brei oder mussten gefüttert werden, das nahm viel Zeit in Anspruch. Doch Flohling merkte kaum, wie die Minuten vergingen. Er wuselte und köchelte, tröstete und strei-

chelte, bis er das Gefühl hatte, dass es jedem Tier gut ging. Schließlich stellte er Muki noch einen Teller mit Rhabarberstangen bereit und schlich dann schnell zur Hintertür hinaus. Er musste sich beeilen, um rechtzeitig zur Schule zu kommen!

Freundlich grüßte er Grantel, der von seinem morgendlichen Waldspaziergang wiederkam und geradewegs auf die Mühle zusteuerte. Es war erst ein halbes Jahr her, dass die Mühle zum Krankenhaus umgebaut worden war. Seitdem wohnte der alte Schutzlittel in der Mühle und half ihm. Inzwischen hatte Flo dazugelernt und konnte viel allein, sodass er Grantels Hilfe nicht mehr unbedingt brauchte. Das war gut, denn nach dem Sommer würde Grantels Haus fertig ausgebessert sein. Das Haus war so alt und morsch gewesen, dass vieles erneuert werden musste. Das Dach, die Fenster, die Türen – sogar die Wände mussten ausgebessert und die Böden abgeschliffen werden. Eine Menge Arbeit, das wusste Flohling. Aber bald konnte Grantel wieder dort einziehen, das freute Flo. Er hüpfte die letzten Schritte zur Littelschmiede, vor der Lisbet ihn ungeduldig erwartete.

»Da bist du ja, Flo. Komm!« Sie betrachtete ihn argwöhnisch. »Hast du schon gefrühstückt? Du siehst irgendwie schlapp aus.«

Flohling lachte und rieb sich das Bäuchlein. »Warmes Nussmüsli bei Mama, danach noch eine Rhabarberstange in der Mühle. Das reicht eine Weile.«

Lisbet nickte zufrieden. Sie passte stets auf ihren besten Freund auf. »Du pflegst die anderen immer so gut, vergisst dabei aber manchmal dich selbst«, mahnte sie. Dann hakte sie sich bei ihm unter und schlenderte mit ihm ins Schulhaus, das genau wie die Mühle am Dorfrand lag, nur weiter südlich. »Jetzt lass uns etwas lernen.«

Alle Littel im Littelwald hatten ein besonderes Talent. Manche Littel kannten sich hervorragend mit Metallen und Feuer aus und arbeiteten in der Schmiede. Andere wussten alles über Stoffe und Wolle und nähten immerzu. Es gab auch Backlittel, Bohnenlittel, Holzlittel, Waschlittel und viele mehr. Flohlings Talent war besonders, da es kein Littel vor ihm je gehabt hatte. Er konnte mit den Tieren sprechen und wusste genau, wie er ihnen helfen oder wie er sie heilen konnte. Flo war sehr glücklich über sein Talent, und noch glücklicher war er darüber, dass er gemeinsam mit Lisbet in eine Klasse gehen konnte. Denn in der Littelschmiede lernten alle Kinder nach der Grundschule, jedes Kind in der passenden Talentklasse. Lisbet war eine Kräuterlittel und besuchte daher mit Flohling die Natur-Talentklasse.

Für den heutigen Tag stand das Thema »Schafe« auf dem Unterrichtsplan. Jeder sollte erzählen, was er über Schafe herausgefunden hatte: über die Wolle, das Melken und die Milch oder die Nahrung. Lehrer Carlos stand vor der Tafel und zwirbelte an seinem schwarzen Schnurrbart. Er war ein Sagalittel und sehr belesen, er wusste einfach alles! Zum Glück war er auch geduldig und neugierig und daher ein hervorragender Lehrer. Flohling und Lisbet mochten ihn sehr gern.

»Guten Morgen, meine lieben Littel«, brummte er mit seiner dunklen Stimme. »Schön, dass ihr alle da seid. Bitte bleibt nun ganz ruhig und begrüßt nur mit einem stillen Kopfnicken unseren besonderen Gast: Henri mit seinem Schaf Friedel.«

Auf dieses Stichwort hin öffnete sich die Tür, und der kleine Henri trat zögernd ein. Als er die vielen älteren Schüler erblickte, färbten sich seine Wangen vor lauter Aufregung

rosa. Dann entdeckte er Flohling, der ihm freundlich zuwinkte. Henris Ohren richteten sich auf, und er lockte ein hübsches dickes Schaf in die Klasse.
»Komm, Friedel, komm herein«, flüsterte er. Schon tappte das Schaf auf ihn zu – vermutlich vor allem wegen der leckeren lila Kleeblumen, die Henri in der Hand hielt. Vor der Tafel blieb es stehen, drehte den Kopf und sah die Schüler verdutzt an. Da alle Littel als kleine Kinder halfen, die Schafe zu versorgen, kannte Friedel die Gesichter. Daher widmete er sich wieder den Kleeblümchen und ließ sich dann ausgiebig von Henri kraulen.
»Vielen Dank, Henri, das ist sehr freundlich«, brummte Carlos. »Nun, wer möchte uns zuerst etwas über das Schaf erzählen?« Zwei Littelschüler berichteten, wie man Schafe scherte

und wie die Wolle bearbeitet und gepflegt wurde. Sie schnitten Friedel eine kleine Wolllocke ab, die jeder einmal anfassen durfte. Flo und Lisbet staunten wieder einmal, wie fettig und dick das Fell war. Deswegen froren die Tiere draußen nicht. Anschließend sprachen zwei Schülerinnen über Schafsmilch und Schafskäse, danach teilten weitere Littel ihr Wissen. Schließlich erzählte auch Lisbet, was sie über Schafe und ihre liebsten Kräuter wusste. Ganz zum Schluss war Flohling an der Reihe.

Zunächst einmal lief er nach vorn und kraulte Friedel ein bisschen. Das dicke Schaf brummte ein zufriedenes »Mäh!«. Natürlich wollten die Schüler sofort wissen, was es gesagt hatte. Flohling lachte. »Es sagt, ich stinke nach Eulenpups«, murmelte er, und alle kicherten. Das stimmte, denn er hatte am Morgen den Boden unter Elsie sauber gemacht. »Vielleicht hätte ich andere Hosen anziehen sollen«, gab Flohling zu. Doch die anderen Littel versicherten ihm, dass sie nichts rochen. Offenbar hatten Schafe sehr feine Nasen. Nun schilderte Flohling, welche Krankheiten die Schafe manchmal befielen und wie man ihnen helfen konnte. Dann wollte er zeigen, an welcher Stelle Schafe meistens Bauchweh bekamen, und griff beherzt in die dicke Wolle. Doch er hatte vergessen, dass manche Schafe kitzelig waren, und Friedel ganz besonders. Das Schaf blökte vergnügt und zuckte mit seinem Hinterteil zur Seite, wobei es gegen Flohling prallte und ihn umwarf. Flo purzelte über den Fußboden. Erschro-

cken stapfte Friedel zu ihm und leckte ihm entschuldigend das Gesicht ab.
»Igitt, danke, Friedel, ist schon gut!«, quiekte Flohling.
Die anderen Schüler lachten und halfen ihm rasch auf.
»Ach, Flo, mit dir ist es immer lustig«, freute sich Lisbet, als er sich japsend neben ihr auf den Stuhl fallen ließ.
»Ich weiß«, ächzte Flohling und kicherte.
Lehrer Carlos dankte seinen Schülern mit einem dicken Lob. Nach der Pause erklärte er ihnen noch viele weitere Dinge, und als schließlich Mittag war, verabschiedete er sie mit einer Hausaufgabe: »Nehmt euch heute einmal die Zeit und spaziert über eine Wiese, oder setzt euch irgendwo ins Grüne. Sicher müssen viele Dinge er-

ledigt werden, aber jeder sollte sich die Zeit nehmen, die Natur zu beobachten und zu genießen.«

So eine schöne Hausaufgabe wollten Lisbet und Flo natürlich gern erledigen, und sie verabredeten sich für den Nachmittag hinter der Mühle.

Wer huscht denn da herum?

In aller Ruhe ging Flohling nach Hause, aß mit großem Hunger Hirseauflauf mit knusprig gebackenen Holunderblüten, stapfte dann zur Tierstube und sah nach seinen Patienten. Zurzeit waren es nur drei: die Eule mit dem gebrochenen Flügel, ein kleines Wiesel mit verletzter Pfote und ein Salamander. Der Salamander hatte sich vor zwei Tagen verlaufen und war dabei fast ausgetrocknet. Zum Glück hatte Flohling ihn bei einer seiner Waldwanderungen entdeckt. Er hatte ihn in feuchtes Gras gelegt und ihm viel zu trinken gegeben. Nun sah er nach dem hübschen schwarzen Tier mit den gelben Punkten und fragte: »Geht es dir besser?«

Der Salamander nickte. »Danke, ich kann sicher schon wieder zurücklaufen.«

Doch Flohling schüttelte den Kopf. »Warte lieber noch eine Nacht. Morgen bringe ich dich zur Feuchtwiese hinterm See. Da wohnt deine Familie, oder?« Der Salamander nickte erneut. »Danke«, flüsterte er und legte seinen Kopf erschöpft zurück aufs Gras.

Flohling drehte sich leise um und ging hinüber zum Wiesel, das in einem Weidenkörbchen neben der Tür lag.

»So, zeig mir ein letztes Mal deine Pfote, bitte«, sagte Flohling und betrachtete die winzige blassrosa Stelle genau. »Das sieht gut aus«, meinte er. »Du kannst wieder in den Wald zurück.«
Das kleine Wiesel hüpfte sofort aus dem Korb und strich zweimal durch Flohlings Beine. »Vielen Dank«, sagte es und wieselte durch die Tür, die Flohling ihm einen Spalt weit geöffnet hatte. Im Nu war es verschwunden.
»Schön, wenn sie so glücklich sind«, brummte Grantel, der die Treppe herunterkam. Er wohnte im ersten Stock der Mühle und war jeden Tag zur Stelle, um Flohling zu helfen. Denn immerhin war Flohling sehr jung, und seine Eltern fanden, er solle nicht allein für die Tierstube verantwortlich sein.
»Gut, dass du kommst«, sagte Flohling strahlend.
Gemeinsam mit Grantel säuberte er den Weidenkorb des Wiesels, sodass er schon bald für einen neuen Patienten bereitstand. Sie notierten noch, welche neuen Lebensmittel und Verbandmaterialien sie besorgen mussten, und räumten ein wenig auf. Dann ging Grantel zu seiner Haus-Baustelle, und Flohling trat in den Hof hinaus, um Lisbet zu treffen.

Seine beste Freundin wartete unter dem alten Apfelbaum, der ein Stück hinter dem Mühlenhof wuchs. Sie klopfte auf den Boden neben sich, und Flohling legte sich ins Gras. Eine Weile sahen sie schweigend in die weiß blühenden Äste, die sich leicht im Wind bewegten.

»Das ist so schön«, sagte Lisbet schließlich. »Der Mai ist mein liebster Monat. Alles blüht und duftet.«

»Stimmt«, brummte Flohling und pustete ein zartes weißes Blatt, das gerade auf seiner Nase landen wollte, in die Luft. »Hier kann man sich gut von dem Gewusel erholen. Es ist erstaunlich, wie viel jeden Tag passiert – in der Schule und hier in der Mühle.«

Lisbet hob die Hand. »Schau mal, ein weißer Schmetterling, er sieht fast aus wie die Apfelblüten!«

Flohling sah dem kleinen Falter nach, wie er federleicht durch die Luft flatterte. Er seufzte zufrieden. »Solche Hausaufgaben sind prima.«

Lisbet lachte. »Stimmt, wir sollten ja die Natur beobachten, daran hatte ich gar nicht mehr gedacht. Sollen wir freiwillig noch etwas mehr Hausaufgaben machen?«

Flohling grinste. »Auf jeden Fall.«

Sie genossen den warmen Maiwind auf der Haut und lauschten den brummenden Hummeln, die zwischen den Apfelblüten hin und her flogen.

Plötzlich nahm Flohling eine Bewegung neben der Hausmauer wahr. Er drehte den Kopf. Im Schatten der Mauer stand ein kleines Littelmädchen,

das er schon ein paarmal in der Nähe der Mühle bemerkt hatte.
»He, du, komm ruhig her«, sagte er freundlich.
Das Mädchen schob sich schüchtern näher.
Lisbet winkte es aufmunternd heran. »Du bist Okkos Schwester, richtig? Heißt du nicht Anuk?«
Das Mädchen nickte. Im Gegensatz zu ihrem lebhaften Bruder, der ein Freund von Lisbet und Flohling war, schien Anuk sehr zurückhaltend zu sein.
»Möchtest du dich zu uns setzen?«
Da huschte das Mädchen ein paar Schritte vor, legte etwas vor ihnen ab und eilte sogleich wieder weg.
Flohling sah Anuk verwundert nach. »Die ist ja noch flinker als das Wiesel«, meinte er.
Lisbet schaute neugierig auf das braune Etwas, das vor ihnen lag. »Oh, ein Häschen«, flüsterte sie überrascht.
Es war ein hübsches kleines Fellknäuel – aber es regte sich nicht.
»Lebt es noch?«, fragte Lisbet erschrocken.
Flohling hatte bereits bemerkt, dass der Körper des Häschens sich beim Atmen leicht bewegte. »Ja«, sagte er leise. »Kleine Hasenkinder lernen, sich bei Gefahr ins Gras zu ducken und sich nicht zu rühren, damit kein Feind sie entdeckt.« Er betrachtete das Tier von allen Seiten. »Wo hat Anuk es nur gefunden? Ach, wäre sie doch nicht weggelaufen.« Er senkte seinen Kopf. »Liebes Häschen, was ist mit dir? Tut dir etwas weh?«, fragte er sanft.

Das Häschen rührte sich nicht und sagte auch nichts.

»Vielleicht hat Anuk gedacht, es wäre krank, weil es so still dagesessen hat«, überlegte Lisbet.

Flohling nickte. »Leider hat Anuk es mit den Händen angefasst, nun riecht es nach Littel. Hoffentlich stört das seine Mama nicht.« Aber das war nicht mehr zu ändern. Da konnte er es auch in die Tierstube bringen. Lisbet hob das Häschen sanft hoch, und sie brachten es zur Mühle, wo sie es in ein weiches kleines Heunest legten.

»Bleib ruhig liegen, ich helfe dir«, versprach Flohling und deckte das Häschen zu.

»Muki?«, rief er dann.

Es raschelte.

Dann erklang ein müdes: »Uääääh.« Das Muski gähnte ausgiebig. Flohling und Lisbet beobachteten, wie es sich reckte und streckte. Immer wieder lugten ein Bein oder ein Arm aus dem Balken-Nestchen hervor – dann stand Muki endlich auf. Er schüttelte sich und flatterte zu ihnen herunter. »Was gibt's?«, fragte er neugierig.

»Flieg doch bitte ein bisschen ums Dorf und horche, ob eine Hasenmutter nach ihrem Kind ruft.«

Muki blickte auf das Hasenkind. »Bleiben Hasen nicht lange bei der Mama. Lebensie ganz bald allein«, sagte es.

»Stimmt«, antwortete Flohling. »Aber in den ersten Wochen trinken sie noch Milch bei der Mutter. Sie sieht nach ihnen, auch wenn sie allein irgendwo sitzen. Und dieses Häschen scheint mir ein Baby zu sein.«

Muki nickte entschlossen. »Gut. Gehich Mami suchen.« Er flatterte auf und sauste durch das runde Fenster davon, das immer einen Spaltbreit für ihn offen blieb.

Die Hintertür knarrte.

Anuk schob nur ihren Kopf durch die Tür und wisperte: »Ich wollte noch etwas sagen. Das Häschen saß mitten im Dorf. Da sind sonst keine Hasen. Ich glaube, es hat sich verlaufen. Ich konnte fühlen, dass es schwach ist.«

Flohling wollte ihr danken und sie bitten, dass sie ihn nächstes Mal rufen solle, statt das Tier wegzutragen – da war sie aufs Neue verschwunden.

»Ein schüchternes Littelmädchen«, fand Lisbet.

»Tja«, sagte Flohling, »wir sind eben alle verschieden. Es kann ja nicht jeder so laut herumtrompeten wie Okko.«

Das war natürlich richtig. Anuks Bruder war ein Littel-

schmied und sehr laut und sehr fröhlich. Manchmal benahm er sich etwas ruppig, doch er war stets zur Stelle, wenn jemand Hilfe brauchte.

Das Häschen wimmerte.

»Oje, sicher hat es Hunger«, fürchtete Lisbet.

Wieder knarrte die Hintertür, die im nächsten Moment kräftig aufgeschubst wurde. Muki flog zu ihnen herein. »Binich bester Sucher. Habich Mami gefunden!«, rief er stolz.

Eine große Häsin hoppelte zaghaft über den Hof der Mühle. Bevor Flohling sie begrüßen konnte, hüpfte das kleine Häschen erstaunlich schnell aus dem Heunest und flitzte zu seiner Mama.

Die Häsin legte sofort ihre Pfote über sein Köpfchen und schob es ganz nah an ihren Bauch, damit das Häschen trinken konnte. Flohling und Lisbet sahen schweigend zu, um sie nicht zu stören.

Schließlich sagte die Häsin: »Vielen Dank, dass ihr auf mein Baby aufgepasst habt. Ein Fuchs hat es erschreckt. Ich habe ihn verjagt, aber mein Häschen danach nicht mehr wiedergefunden. Es ist tatsächlich sehr weit weggehüpft. Mein tapferes Kleines.« Sie strich ihm sanft über den Kopf.

»Schön, dass es euch beiden gut geht«, fand Flohling.

Die Häsin nickte ihnen noch einmal zu, dann verschwanden die beiden Tiere in den Wald, der gleich hinter der Mühle begann.

»Wir müssen Anuk erzählen, dass das Häschen wieder bei seiner Mama ist«, meinte Flohling.
Doch Lisbet deutete mit ihrem Kopf zur Vordertür. Im Fenster daneben entdeckte Flohling ein kleines Littelgesicht, das sich jetzt ertappt duckte. »Ich denke, sie weiß es schon«, sagte Lisbet.
»Na dann ... Ich finde, wir sollten unbedingt noch ein paar Hausaufgaben machen«, schlug Flohling vor und grinste.
Lisbet zeigte auf den Tisch, auf dem Flohling das Essen für die Tiere zubereitete. »Ist das da Rhabarbermarmelade? Fütterst du damit deine Patienten?«
»Nein, die habe ich von Liliana bekommen. Sie hat beim Einkochen des Hustensaftes auch ein bisschen Marmelade mitgekocht.« Liliana war die Medilit, die Littelärztin des Dorfes. Sie machte sehr guten Hustensaft und noch bessere Marmelade.
Lisbet legte den Kopf schief. »Dann könnten wir etwas davon naschen? Ich habe zwei Knusperlinge in der Tasche.«
Sogleich kam Muki im Sturzflug vom Balken gesaust.
»Willich auch Knusperzeug mit Brabra!«, rief er hungrig.
Flohling lachte. »Na klar bekommst du einen Knusperling! Und dann futtern wir gemeinsam unterm Apfelbaum.«
Solche Hausaufgaben durfte es wirklich öfter geben!

Gut gedacht, nicht so gut gemacht

Während der warmen Maitage hatten fast alle Littel und Tiere gute Laune. Es gab wenig verletzte Tiere, und nachdem Flohling den Salamander zurück zu seiner Familie gebracht hatte, wohnte eine Weile nur Eule Elsie in seiner Krankenstation. Eines Morgens zog nun aber eine Entenfamilie in seine Tierstube ein, die Flohling nachdenklich machte. Die Entenmama hatte am Dorfrand Blümchen gefressen, die sie nicht kannte, die jedoch sehr lecker ausgesehen hatten. Nun plagten sie Bauchschmerzen, und ihr war übel. Flohling gab ihr beruhigende Tropfen und wollte sie ein, zwei Tage lang beobachten, um zu sehen, ob es ihr besser ging. Die sieben kleinen Küken hatten zum Glück nicht dasselbe gefuttert, doch sie wollten ihrer Mama nicht von der Seite weichen. Der Entenpapa bemühte sich, sie zu bändigen, aber die Küken wurden davon nur noch zappeliger. Schließlich bat Flohling den Papa, ihm zu zeigen, wo seine Frau die Blümchen gefunden hatte. Es kam ihm seltsam vor, dass die Ente sie nicht gekannt hatte.

»Muki, passt du auf die Küken auf?«, fragte er.

»Passichauf!«, rief Muki und reckte sich. »Bin ich starkes Muski, werden die mir gehorchen.«

Flohling schmunzelte. Dann folgte er dem Entenpapa nach draußen. Sie umrundeten das Dorf, bis sie an den kleinen Tümpel kamen, der vor den Holundersträuchern lag. Im Frühling und Herbst glänzte hier tatsächlich ein grünbrauner Tümpel, doch im Sommer trocknete die Sonne ihn fast aus, und er war eigentlich nur eine große sumpfige Pfütze. Die Dorfbewohner überquerten den Pfuhl, wenn sie Holunderblüten oder später reife Holunderbeeren sammeln wollten, von denen es hier so viele gab. Es war eine matschige Angelegenheit, hindurchzuwaten.
Auch jetzt versank Flohling im Schlamm, als er nach den bunten Blumen suchte.
»Dort drüben wachsen sie!«, rief der Entenpapa.
Flohling sah sie und bückte sich, um die drei Blüten aufzusammeln, die dort lagen.
»Nanu, was ist denn das?«, murmelte er und betrachtete die festen bunten Blätter genauer. »Das gibt's doch nicht, das ist ja Knete!«, rief er verdutzt.
»Knete?«, fragte der Entenpapa neugierig.
»Ja, damit spielen wir Kinder gern. Es ist lustig, daraus Dinge zu formen. Und es ist zum Glück nicht giftig, ich weiß, woraus wir sie machen.« Flohling war erleichtert.
»Aber die Knete sollte dennoch nicht hier herumliegen, das ist für euch Tiere nicht gut.« Eigentlich wussten die Littelkinder natürlich, dass sie nichts in den Wald werfen sollten. Flohling würde den anderen Litteln Bescheid geben, dass sie ihnen das noch einmal erklärten.

Flohling und der Entenpapa liefen zurück zur Tierstube, um der Entenmama zu berichten, dass sie keine Angst haben musste.
Bevor Flohling die Tür öffnete, hörte er schon lautes Muski-Schimpfen von drinnen.
»Nein, lässdu das. Hihi, sollst du das nicht tun. Nein, nein, nein. Binich keine Ente!«
Flohling drückte die Tür auf. Auf dem Boden mitten in der Mühle lag Muki – und alle sieben Entenküken krabbelten auf ihm herum.
»Da bissu ja!«, rief Muki. Er stand vorsichtig auf. Die Küken purzelten herunter, drängelten sich aber sogleich um seine Beine. »Habich gut aufgepasst.«
Flohling lachte. »Ich sehe, die Kleinen hatten viel Spaß. Du auch?«

Das Muski sagte ernsthaft: »Sollte ich keinen Spaß haben. Sollte ich aufpassen. Habich ... hihihi!« Eins der Küken schob sich unter seinen Flügel, was ihn sehr kitzelte. »Habich doch Spaß gehabt«, juchzte Muki.

Flohling ließ sie weiterspielen und beruhigte die Entenmama. »Die Knete drückt in deinem Bauch. Sie ist aber fast nur aus Mehl und Wasser, das löst sich bald auf. Ruh dich aus, deinen Küken geht's gut.«

Die Entenmama nickte und sah zufrieden zu Muki hinüber. »Ich wusste nicht, dass Muskis so gute Babysitter sind. Ich kenne ein Muski im Wald, vielleicht möchte das öfter mal zu Besuch kommen.«

Mit einem vergnügten Seitenblick auf Muki verließ Flohling die Mühle. Froh, dass die Entenmama nicht ernsthaft krank war, machte er sich hüpfend auf den Weg zu seinem Papa in die Sagalithütte. Dabei sah er, dass Anuk vor einem der Mühlenfenster auf dem Boden hockte. Schon heute Morgen vor der Schule hatte er sie dort gesehen. Ob sie in die Mühle geschaut hatte? Sie schien sich für Tiere zu interessieren. Flohling überlegte. Was sie wohl für ein Talent hatte?

»Hallo, Anuk!«, rief er. »Wie geht's?«

Das Mädchen erschrak, sprang auf und lief davon. Oje, das tat Flohling leid. Sie durfte natürlich in die Mühle schauen, sie durfte auch gern hereinkommen! Das musste er ihr unbedingt bald sagen.

Bei der Sagalithütte angekommen, klopfte er zweimal,

dann trat er in den großen Raum, dessen Wände über und über mit Bücherregalen vollgestellt waren. Am Tisch saßen sein Papa Arve und noch zwei weitere Littel. Das Talent der Sagalit lag in Worten. Sie erfanden und erzählten Geschichten, wussten alles, was in den Büchern geschrieben stand, und notierten, was es im Dorf aufzuschreiben galt. Gerade waren sie in ein langes Gespräch verwickelt, doch Arve hob freundlich den Kopf und fragte: »Hallo, Flo, können wir dir helfen?«

Flohling setzte sich zu ihnen und erzählte von der Knete im Tümpel.

Arve lachte. »Oje, da hat wohl jemand den schmuddeligen alten Teich verschönern wollen«, meinte er. »Ich vermute, es waren ein paar Kinder, ich habe als junger Littel auch oft Unsinn angestellt. Ich informiere die Eltern, damit sie ihren Kindern noch einmal erklären, dass sie nichts in der Natur zurücklassen sollen.«

»Super«, sagte Flohling.

»Ach, übrigens gibt es heute Kohlrabischnitzel«, sagte Arve. »Ich bin hier gleich fertig, dann können wir gemeinsam kochen, hast du Lust, Flo?«

»Na klar, Papa«, sagte Flohling.

Beim Abendbrot erzählte Flohling seinen Eltern von seinem Tag. Arve und Sara mussten laut lachen, als er ihnen ausführlich schilderte, wie Muki von den Entenküken behüpft worden war.

»Kennt ihr eigentlich Anuk?«, fragte Flohling.

»Ist das nicht die Tochter von Meister Ferrum?«, überlegte Arve.

Flohling nickte schmatzend. »Genau. Sie ist noch klein und scheint Tiere zu mögen. Kennt ihr zufällig ihr Talent?«

Beide schüttelten die Köpfe.

»Sie läuft immer weg, wenn ich sie etwas fragen will, sie ist bestimmt schüchtern«, sagte Flohling. »Anuk taucht so oft bei der Mühle auf, vielleicht möchte sie mir ja helfen.«

Sara stützte den Kopf auf ihrer Hand ab. »Brauchst du denn Hilfe?«

Flohling ließ die Ohren nach hinten fallen und dachte nach. »Nein, eigentlich nicht. Es gibt zurzeit nicht so viel zu tun. Außerdem ist Muki da, und Grantel hilft auch mit. Aber sie könnte trotzdem vorbeikommen, irgendetwas gibt es immer zu erledigen.«

Und er dachte, wie schön es doch war, dass im Litteldorf jeder auf jeden achtgab: die Großen auf die Kleinen, die Littel auf die Tiere – eben einer auf den anderen. Das war ein gutes Gefühl.

Der nächste Morgen begann hektisch. Flohling wurde von einem aufgeregten Trillern geweckt. Pilfink, der Familienspatz, hüpfte auf seiner Bettdecke auf und ab. »Steh auf, steh auf, Flohling!«, zwitscherte er.

Flohling rieb sich die Augen. »Was ist?«

»Die Kinder haben ein Vogelküken mitgenommen. Die Vogelmama hat große Angst, du musst helfen!«
Sofort war Flohling hellwach. Er sprang aus dem Bett, zog sich rasch seine Hose und ein T-Shirt über und rannte die Treppe hinunter. Pilfink wartete, bis er die Tür geöffnet hatte, und flog voraus. Flohling rannte ihm über den Dorfplatz nach bis zum Haus von Elsa, der Bäckerin. Sie war bereits frühmorgens in der Backstube, aber ihre kleine Tochter Stina stand in der offenen Haustür und hatte ihre Hände zu einer kleinen Kugel geformt.
Flohling lief langsamer und atmete tief durch. Er wollte Stina nicht erschrecken, sie war noch so klein.
»Guten Morgen, Stina«, sagte er freundlich.
Das Mädchen erschrak trotzdem und zuckte kräftig zusammen. »Äh … äh … guten Morgen«, stammelte es.
»Brauchst du vielleicht Hilfe?«, fragte Flohling.
Stina sah ihn kurz ängstlich an, dann nickte sie erleichtert. »Ja, vielleicht«, sagte sie. »Ich habe ein Vögelchen gefunden. Schau nur, es ist noch ganz winzig. Du kannst es in die Tierstube mitnehmen, und wir füttern es dort.«
Sie lief auf Flohling zu und öffnete ihre Hände ein wenig, sodass er das kleine Federbällchen sehen konnte.
Plötzlich stolperten zwei Kinder hinter Stina aus dem Hausflur in den Garten. Eines davon war Henri, den Flohling gut kannte und sehr mochte. Das andere Kind war Henris Freund Klaas, den alle nur Krümel nannten.
»Stina, ich habe Haferflocken gefunden. Wo ist das …« Als

Henri Flohling entdeckte, hielt er inne. Dann strahlte er. »Super, dass du da bist. Hilfst du uns, das Küken großzuziehen? Wir haben es gerettet!«
Flohling seufzte. »Ihr meint es wirklich gut mit dem Küken«, sagte er, und die Kinder lächelten stolz.
Flohling drehte sich zu Pilfink, der aufgeregt auf einem Zaunpfeiler wartete. »Hol du die Vogelmama, ich erkläre es ihnen.« Der Spatz flog davon.
»Was erklärst du uns?«, fragte Henri verwirrt.
Flohling setzte sich ins Gras. »Wenn kleine Vögel im Nest etwas größer geworden sind, müssen sie fliegen lernen. Natürlich können sie das im Nest nicht gut üben.«
Stina lachte. »Na klar, da ist ja gar kein Platz.«
»Genau«, sagte Flohling. »Deshalb flattern sie los und landen meist irgendwo auf dem Boden.«
Die Kinder nickten.
»Sie werden dann dort von ihren Eltern gefüttert. Und sie üben zu fliegen. Sie brauchen die Hilfe ihrer Eltern, bis sie alles allein können.«
»Ist ja klar«, sagte Henri.
»Jetzt habt ihr das Küken weggebracht. Die Mama weiß gar nicht mehr, wo es ist«, erklärte Flohling.
»Oh«, machte Stina.
»Und es riecht jetzt nach Littel, das könnte die Mutter erschrecken.«
»Ach, das ist ja dumm. Ich dachte, wir retten es«, brummte Henri. »Aber wir haben es ganz falsch gemacht.«

Flohling lächelte. »Es ist ja nichts passiert. Da kommt schon die Mama angeflogen. Bring das Küken dort drüben ins Gras, Stina.«
Das kleine Littelmädchen lief in die Gartenecke und setzte das Vogelküken behutsam ab. »Tschüs, kleiner Freund«, flüsterte Stina und ging zurück.
Die Vogelmutter flatterte sofort aufgeregt um das Küken herum.
»Sie freut sich sehr und bedankt sich«, sagte Flohling. Er übersetzte es, weil die Kinder die Tiersprache natürlich nicht verstanden. »Danke dir«, sagte er dann zu Pilfink, der auf seiner Schulter landete.
»Ist sie nicht böse?«, fragte Henri.
»Nein«, versicherte Flohling. »Ihr habt es gut gemeint und

es nicht besser gewusst. Jeder macht mal etwas falsch. Nun wisst ihr, wie es besser geht.« Flohling sah die Kinder neugierig an. »Habt ihr denn noch nichts über Vögel in der Schule gelernt? Ihr geht doch schon in die Schule, oder?«

Stina nickte. »Ja, in die erste Klasse. Aber wir lernen nicht viel, weil Madame Leliki nicht da ist.«

»Sie ist nicht da?«, fragte Flohling. Auch er hatte in der Grundschule Madame Leliki als Lehrerin gehabt und mochte sie sehr. Sie schaffte es, jeden für das Lernen zu begeistern.

»Sie war den ganzen Winter lang krank. Jetzt ist sie bei ihrer Schwester im Winterdorf, um sich zu erholen«, erklärte Henri.

Flohling runzelte die Stirn. »Und wer ist jetzt euer Lehrer?«

Stina zuckte mit den Schultern. »Lesen und Schreiben lernen wir bei Franz, auch Rechnen. Andere Sachen schauen wir uns allein in Büchern an.«

Flohling begann zu ahnen, weshalb die Kinder so wenig über die Natur wussten. »Allein in Büchern ... Hm, das macht bestimmt nicht viel Spaß, oder?«, fragte er bedauernd.

»Kein bisschen«, brummte Henri.

»Wir dürfen nicht mal in den Wald«, warf Krümel ein.

»Warum nicht?«, wollte Flohling wissen.

»Weil es zu gefährlich ist. Keiner hat Zeit mitzugehen, und allein dürfen wir nicht«, sagte Stina.

Nun schüttelte Flohling entsetzt den Kopf. Er erinnerte sich, dass er mit Lisbet früher stundenlang im Wald herumgestromert war. Madame Leliki hatte sich unter einen Baum oder auf einen Stein gesetzt und gewartet, bis die Schüler zu ihr kamen und Fragen stellten. Und sie hatten eine Menge Fragen gehabt! Dabei hatte Flohling unendlich viel über die Natur und die Tiere gelernt. All das konnten die Kinder nun gar nicht erleben. Ihm wurde das Herz ganz schwer. Darüber musste er unbedingt mit seinen Eltern sprechen.

Er verabschiedete sich, und die drei winkten ihm fröhlich hinterher.

Mussu hundert retten!

Flohling verbrachte in der Schule und auch am frühen Nachmittag in der Tierstube einen friedlichen Tag. Es gab keine neuen Patienten, und die Ente war schon am Vortag nach Hause gegangen, da sie sich wieder wohlfühlte. Deshalb konnte Flohling sich endlich einmal in Ruhe um die Eule mit dem gebrochenen Flügel kümmern.

»Es ist ein bisschen langweilig, wenn keiner da ist, *schuhuuu*«, klagte sie.

Flohling strich ihr über das weiche braune Gefieder. »Ja, das glaube ich«, antwortete er. »Wo ist denn Muki, ist er nicht bei dir?«

Elsie schüttelte den Kopf. »Er verschwindet morgens gleich nach dir und kommt manchmal erst abends wieder zurück.«

»Es ist ja Mai und so schön hell draußen. Vielleicht zieht es ihn in den Wald«, vermutete Flohling. »Ich muss auch unbedingt mal wieder einen Tag lang herumwandern.« Er seufzte.

Elsie seufzte ebenfalls. Doppelt so lang.

»Ach, Entschuldigung«, sagte Flohling schnell. »Du kannst ja überhaupt nicht in den Wald. Aber warte nur, wenn dein Flügel verheilt ist, rauschst du stundenlang durch die warmen Sommernächte, das wird wunderbar!«

Die Eule schuhute sehnsüchtig, und sie malten sich gemeinsam die schönen Sommernächte aus.

»Wie der Wind in den Bäumen raschelt«, flüsterte Elsie.

»Wie die Glühwürmchen umherschweben«, sagte Flohling.

»Wie die Fledermäuse im Zickzack flattern«, schwärmte Elsie.

»Wie die …«

Rums!

Muki kam polternd durch das offene Fenster geflogen. Dass ein kleines Muski so viel Lärm machen konnte!

»Da bissu ja!«, keuchte das kleine Muski und eilte mit seinen kurzen Beinchen auf Flohling zu. »Mussu gleich mitkommen. Sindda viele Tiere in Gefahr. Mussu Hunderte retten!«

»Was?« Flohling sprang erschrocken auf. »Wer? Wo?«

»Komm!«, rief Muki.

»Brauche ich Verbandmaterial oder andere Littel?«

»Neinneinnein!«, drängelte Muki und flog zur Tür. Dann hielt er inne. »Brauchsu einen Eimer.«

»Einen Eimer?«, fragte Flohling verwirrt, schnappte sich

aber den Eimer neben dem Tisch. »Bis später!«, rief er der Eule zu, dann liefen sie los.

Das Muski flog sehr schnell, Flohling musste rennen, um ihm zu folgen. Weil Muki ihn um das Dorf herumführte, vermutete Flohling, dass er an der Stelle beim matschigen Tümpel in den Wald wollte. Vielleicht waren die Tiere in der Nähe der Holundersträucher. Was für Tiere mochten es sein? Mäuse? Vögel? Wie sollte er allein so viele Tiere retten? Selbst wenn Muki übertrieben hatte und es nur fünfzig oder auch nur dreißig waren – so viele Tiere konnte Flohling allein nicht versorgen!
Vor dem Tümpel landete Muki und wartete auf Flohling.
»Da!«, rief er anklagend und zeigte auf die schlammige Kuhle, in der nun keinerlei Wasser mehr war. Stattdessen hatte jemand offenbar eine Rinne gegraben, um das wenige Wasser wegzuleiten. Außerdem lagen in der Mitte des Tümpels jede Menge Heu und Holzbretter über dem Schlamm.
»Was ist denn hier passiert?«, fragte Flohling. Er verstand nicht, warum jemand Heu in den Tümpel warf.
»Isdochschnuppe!«, rief Muki. »Mussu retten!«
»Aber wen denn?«, rief Flohing verzweifelt. Er sah hier weder Mäuse noch Vögel noch ...
Da entdeckte er sie plötzlich. Im letzten, wirklich allerletzten kleinen Pfützchen Wasser, das im Tümpel war, zappelte und zuckte es wild. »Kaulquappen!«, rief er.

»Hunderte«, nickte Muki aufgeregt. »Brauchendie Wasser!«
Flohling sprintete los. Wie der Blitz rannte er zum kleinen Bach, der gar nicht weit entfernt am Dorf vorbeiplätscherte. Er füllte Wasser in den Eimer und rannte zurück.
»Los, los!«, feuerte Muki ihn an.
Flohling nahm die Kaulquappen mit beiden Händen so vorsichtig auf, wie er konnte, und gab sie mit etwas Schlamm in das Wasser im Eimer. Eine Handvoll, noch eine, noch eine. Immer wieder starrte er in den Schlamm, ob noch irgendwo eine kleine Kaulquappe zu sehen war. Er konnte die Tierchen nicht hören, weil sie im Wasser

sehr, sehr leise sprachen, zu leise für seine Littelohren. Doch er spürte ihre Angst und redete ihnen gut zu: »Ich helfe euch, ihr Lieben. Erst mal seid ihr im Eimer sicher, ich passe gut auf euch auf. Und dann sorge ich dafür, dass der Tümpel genug Wasser hat, damit ihr euer Zuhause nicht verliert.« Tatsächlich merkte er, dass die Kaulquappen allmählich ruhiger wurden. Als er im Schlamm kein Zappeln mehr erkennen konnte, ließ er sich erschöpft ins Gras fallen. Seine Stiefel und die Hose waren ganz schlammig, und er musste lachen. »Jetzt sehe ich selbst schon aus wie eine Kaulquappe.«

Muki stellte sich neben den Eimer und legte seine Pfoten

auf den Rand. Neugierig blinzelte er in das Wasser. »Is-das nicht lustig«, meinte er. »Hattendie Angst. Wardas gefährlich.«
Flohling atmete tief ein. »Stimmt. Aber es ist ja noch einmal gut gegangen. Danke, dass du so schnell gekommen bist. Gut gemacht, Muki!« Er wollte seinem hilfsbereiten kleinen Freund über das Fell streichen, aber Muki sprang quiekend zur Seite. »Bissu schmuddelig«, sagte er. »Igittigitt!«
Flohling kicherte. »Ja, ich gehe mich jetzt waschen. Den Eimer stelle ich in die Tierstube, da ist er über Nacht sicher. Wir müssen erst einmal den Tümpel wieder mit Wasser füllen.«
Als er aufstehen wollte, kam Henri mit Krümel herbeigelaufen. Sie trugen Bretter und Stroh, und Flohling ahnte plötzlich, was mit dem Tümpel geschehen war. »Hallo, ihr zwei!«, sagte er freundlich. »Habt ihr das hier gemacht?«
Henri nickt stolz. »Weil hier doch immer alle Littel so schmutzig werden, wenn sie in den Wald gehen. Wir haben diesmal auch vorher gut nachgedacht«, versicherte er. »Ich habe ein Wassertalent und habe das Wasser umgeleitet. Jetzt bauen wir einen Übergang aus Heu, Stroh und Holz. Darüber kann dann jeder spazieren, der Holunderblüten ernten oder in den Wald gehen will. Bestimmt freuen sich alle ganz doll.« Seine Augen leuchteten.
»Also, ich freu mich auf jeden Fall«, brummte Krümel.
Flohling drehte an seiner blonden Locke. Er wusste nicht

genau, wie er Henri möglichst schonend beibringen sollte, dass er das Wasser zurückleiten musste. Doch offenbar konnte Henri ihm ansehen, dass etwas nicht stimmte.
»Oh nein«, sagte er und ließ die Littelohren hängen. »Es ist schon wieder falsch, oder? Aber hier sind doch gar keine Tiere!«
Muki stemmte entrüstet die Hände in die Seiten und zeigte auf den Eimer. Henri spähte hinein. »Was ist das? Fische?«
»Das sind Kaulquappen«, erklärte Flohling. »Froschbabys. Dieser kleine Tümpel ist ihr Zuhause. Bald verwandeln sie sich in kleine Frösche.«
»Das werden Frösche? Aber die sehen gar nicht so aus!«, rief Henri erstaunt.
»Kein bisschen«, murmelte Krümel.
Flohling zog die Stirn kraus. »Habt ihr letztes Jahr im Frühsommer die vielen kleinen Frösche gar nicht gesehen, die durchs Dorf gesprungen sind? Sie hatten den Weg in den Wald nicht gefunden, wir mussten gut aufpassen, damit wir nicht auf sie treten. Zum Glück sind sie dann noch umgekehrt.«
Henri und Krümel schüttelten die Köpfe.
Flohling seufzte. »Wir müssen wirklich dafür sorgen, dass ihr mehr über den Wald lernt.«
»Und über die Tiere«, stimmte Henri zu.
»Und über die Frösche«, sagte Krümel.
»Wir hätten das nicht gemacht, wenn wir von den Kaul-

quappen gewusst hätten«, sagte Henri. »Ich lasse das Wasser wieder fließen. Und wir räumen die Sachen weg.«
Flohling klopfte ihm auf die Schulter. »Sehr gut, Henri, das ist toll. Ich danke euch.« Plötzlich hatte er eine Idee. »Vielleicht könnt ihr ja eine kleine Brücke für den Tümpel bauen? Ich frage meinen Opa, der arbeitet mit Holz. Bestimmt hat er Zeit für euch, dann habt ihr mal etwas Spannendes in der Schule zu tun.«
Die Litteljungen nickten begeistert.
Flohling schnappte sich seinen Eimer und lief langsam zur Mühle. Dabei hörte er Henri zu Krümel sagen: »Jetzt haben wir schon zwei Sachen an einem Tag gelernt. Wenn das so weitergeht, sind wir bald superschlau.«
Flohling zog die Nase kraus. »Wenn das so weitergeht, bin *ich* bald superbeschäftigt«, murmelte er vor sich hin. »Die Kinder wissen einfach viel zu wenig über die Natur. Es muss dringend etwas geschehen.«

Am Abend saß Flohling mit seinen Eltern im Garten. Sie grillten Stockbrot über einem gemütlichen Lagerfeuer. Auch Lisbet und ihre Eltern Aya und Lungo waren dabei. Während Flohling ungeduldig dabei zusah, wie der Teig an seinem Stock allmählich fest wurde, berichtete er von den Kaulquappen.
»Henri wollte ihnen nichts Böses. Er hatte einfach keine Ahnung, was in so einem Tümpel zappelt«, meinte er. »Auch Anuk hat das kleine Häschen einfach weggetragen,

weil sie nicht wusste, dass seine Mutter zurückkommt. Genauso wie die Kinder das Vogelküken retten wollten. Dabei musste es gar nicht gerettet werden.« Er fuhr sich hastig durch die Haare.

Seine Mama strich ihm über die Schulter. »Meine Güte, es passiert ja wirklich jeden Tag etwas. Diese Erstklässlerlittel scheinen recht tollpatschig zu sein.«

Flohling grinste schief. »Nein, sie sind nicht tollpatschig. Das wäre nicht schlimm, ich bin ja selbst ein großer Tollpatsch. Aber ich weiß genau, was ich nicht tun darf. Die Kinder wissen es einfach nicht besser. Ich mache mir Sorgen um die Tiere. Was ist, wenn ich mal nicht rechtzeitig da bin?«

Alle starrten eine Weile schweigend ins Feuer, das gemütlich knackte und knisterte. Die Flammen leckten an den Stockbroten, als würden sie diese gern selbst anknabbern. Es beruhigte Flohling, ihnen zuzusehen.

Auf einmal begann Lisbet: »Mir fällt da gerade etwas ein. Ich habe etwas Ähnliches erlebt, aber nicht mit Tieren, sondern mit Pflanzen. Vor ein paar Wochen habe ich Stina hinter ihrem Haus beim Maiglöckchenpflücken getroffen. Ich habe ihr gesagt, dass die Pflanzen giftig sind und dass sie sich die Hände waschen muss, wenn sie einen kleinen Strauß zusammenhat. Sie hat mich erstaunt angeschaut und meinte, dass ihre Mama sie in den Garten geschickt hat, um Bärlauch für den Salat zu pflücken. Als sie hinter dem Gartenzaun

die Maiglöckchen gesehen hat, hat sie sie glatt verwechselt.« Lisbet schüttelte sich bei dem Gedanken, es wären womöglich giftige Maiglöckchenblätter im Salat gelandet. »Stina hatte einfach keine Ahnung«, sagte sie. »Dabei lernen wir Littel doch gleich am Anfang der Schule alles über giftige Pflanzen.«

Aya runzelte besorgt die Stirn. »Mir ist auch schon aufgefallen, dass die kleinen Schulkinder vormittags oft durchs Dorf laufen, statt in der Schule zu sein. Da wird ihnen eine Menge Wissen fehlen, das im Wald wichtig ist.«
Arve beugte sich vor und sah besorgt ins Feuer. »Ich habe neulich Henris Vater Molo von der Knete im Tümpel erzählt und ihn gebeten, Henri noch einmal zu erklären, dass so etwas nicht geht. Molo hat mir anvertraut, dass Henri und Krümel eine Menge Blödsinn machen. Sie graben Löcher in den Boden oder ärgern die Liebreizenden.«
»Sie ärgern die Liebreizenden?« Lungo zog eine Augenbraue hoch. Die bunten Schlingpflanzen waren biestig und hielten jeden, den sie erwischen konnten, so lange fest, wie sie wollten. Das tat zwar nicht weh, war aber unangenehm, da man sich nicht selbst befreien konnte.

»Ja, Molo hat sie dabei erwischt, zum Glück bevor sie einen von ihnen fest im Griff hatten«, berichtete Arve.

»Warum haben sie denn Löcher gegraben?«, wollte Lisbet wissen.

Arve zwirbelte an seinem Schnurrbart. »Sie wollten einen Maulwurf fangen und zähmen. Was ihnen natürlich nicht gelungen ist. Leider haben sie vergessen, die Löcher wieder zuzuschütten, und sie haben auch das Werkzeug liegen lassen. Das kann gefährlich werden, falls jemand darüber stolpert«, sagte Arve. »Als Molo sie er-

mahnt hat, haben sie es bereut und versprochen, es nicht wieder zu tun. Dafür fällt ihnen dann gleich etwas Neues ein.«

»Oje«, seufzte Lisbet. »Sie sollten vielleicht öfter im Wald spielen, damit sie mehr über die Natur lernen.«

»Ach, sie gehen ja nie in den Wald«, warf Flohling ein und hielt sein Brot ungeduldig etwas tiefer in die Flammen. »Ihre Eltern erlauben es ihnen nicht, weil es gefährlich sein könnte. Dabei ist es nicht gefährlich, wenn sie sich auskennen.«

Lisbet hob Flos Arm ein Stück höher. »Das Brot wird nicht schneller fertig, wenn du es ankokelst. Nur schwarz.«

Flohling zog die Nase kraus. »Verflixt, das passiert mir jedes Mal.«

»Du bist zu ungeduldig«, meinte sein Papa schmunzelnd. »Und diesmal ist es ja gar nicht schwarz. Lisbet hat es gerettet.«

Lisbet lachte. »Brot retten kann ich gut. Die Tiere überlasse ich Flo.«

»Die Eltern müssen etwas unternehmen«, fand Lungo. »Sie müssen ihren Kindern mehr erklären und öfter mit ihnen in den Wald gehen.«

Sara wiegte den Kopf hin und her. »Das tun sie doch. Aber sie haben viel zu tun. Und manchmal vergessen sie, etwas Wichtiges zu erklären. In der Schule gibt es genaue Pläne, was ein Littel wissen und lernen muss. Dafür ist Schule da: unsere Kinder Dinge zu lehren, die wichtig sind und die sie für ihr Leben brauchen.« Sie atmete tief durch. »Und am besten ist es, wenn sie alles in der Natur und mit viel Spaß lernen. Dann vergessen sie es nicht wieder.«

Flohling zog seinen Stock zu sich heran und betrachtete sein Brot. Es war knusprig braun. Er zerrte daran. »Autsch!«, rief er. »Heiß!«

Lisbet gluckste. »Ach, wirklich?«

Flohling pustete auf das Brot und schwieg, während es abkühlte.

Plötzlich lächelte er und lehnte sich zufrieden zurück. »Den Kindern muss geholfen werden«, sagte er. »Damit sie sicher sind. Und damit die Tiere sicher sind. Wenn Madame Leliki nicht da ist, muss eben jemand anders einspringen.«

Arve sah ihn an. »Ja, aber wer?«

Flohling zupfte ein Stück Brot ab und steckte es in seinen Mund. »Lisbet und ich!«

Lisbet sah ihn verwundert an. Dann lächelte sie.

Wir haben eine Waldschule!

»Ach, das bringt doch nichts«, sagte Henris Vater am nächsten Morgen zu Flohling und Lisbet. »Den Kindern fehlt so viel Wissen, das könnt ihr ihnen gar nicht alles beibringen.«

Er war nicht sehr begeistert von der Idee, sein Kind von den beiden jungen Litteln unterrichten zu lassen.

»Das glaube ich auch«, meinte Elsa, Stinas Mama. »Ihr seid keine Lehrer, ihr seid selbst noch Schüler.«

Darauf hatte Flohling aber eine Antwort parat: »Alles, was man in der ersten Klasse lernen muss, wissen wir doch. Wir kennen uns super aus.«

Meister Ferrum verschränkte skeptisch die Arme. »Ihr seid viel zu jung.« Sein Sohn Okko hob energisch das Kinn und sagte: »Papa, ich bin genauso alt wie die beiden. Und zu mir sagst du immer, dass ich schon so groß bin.«

Meister Ferrum runzelte die Stirn. »Ja, groß, aber … nicht erwachsen.«

»Du lässt mich doch auch auf Anuk aufpassen«, sagte Okko.

Meister Ferrum seufzte. »Ja, zu Hause. Als Bruder. Nicht als Lehrer und nicht im Wald.«

Okko stemmte beleidigt die Hände in die Seiten.
Flohling mischte sich wieder ein. »Ihr wisst, dass Lisbet und ich allein bis in den hohen Norden gewandert sind. Wir haben euch genau erzählt, wie wir mit all den Gefahren zurechtgekommen sind.«
Krümels Mutter wiegte den Kopf hin und her. »Ja, aber unsere Kinder können so etwas nicht ... warum wollt ihr das überhaupt machen?«
Flohling wurde rot um die Littelnase. Er wollte vor allem die Tiere schützen. Konnte er das den Eltern sagen? Vorsichtig begann er: »Ihr habt doch gehört, dass ich ein paarmal mit ihnen sprechen musste, weil sie Tiere in Gefahr gebracht haben. Als Tierdoktor ist es mir wichtig, dass schon die Littelkinder achtsam mit Tieren umgehen«, erklärte er. Dabei stupste er Lisbet hektisch mit dem Ellbogen in die Seite, damit sie auch etwas sagte. Aber sie kaute nur aufgeregt auf ihrer Lippe herum und war keine große Hilfe.
»Tja, sehr geschickt stellen sie sich nicht an«, meinte Krümels Vater. »Sie sollten wirklich mehr darüber wissen.«
»Lehrerin zu sein ist nicht so einfach«, mahnte Molo. »Außerdem geht ihr selbst zur Schule. Und du hast noch die Tierstube und Lisbet ihre Kräuter-Aufgaben. Wo wollt ihr denn die Zeit hernehmen?«
Flohling zuckte mit den Schultern: »Wir kriegen das schon hin. Es ist wichtig für eure Kinder.«
Nun schwiegen alle. Flohling auch. Er wusste ja selbst

nicht, wie er alles gleichzeitig schaffen sollte. Aber er wusste, dass es wichtig war, dass jemand den Kindern etwas über die Natur beibrachte.
Da hörte er plötzlich Lisbet sprechen, zunächst ganz leise: »Wir könnten es in den Sommerferien versuchen.« Dann wurde sie lauter: »Da haben Flohling und ich vormittags keine Schule. Es macht uns bestimmt Spaß. Außerdem würden wir auf eure Kinder aufpassen, die sonst in den Ferien allein herumlaufen. Es wäre eine Sommerwaldschule.«
Die Eltern sahen sich an.
Flohling grinste. Lisbet war einfach spitze! Und sie hatte recht: Sie würden die Kinder einfach während der langen Sommerferien unterrichten. Mit viel Spaß und natürlich ohne Hausaufgaben, denn Ferien waren schließlich zur Erholung da.
Schließlich räusperte Meister Ferrum sich. »Tja, vielleicht sollten wir es versuchen.« Er hob die Schultern. »Anuk und die anderen machen so viel Unsinn, es gefällt mir, dass sie beaufsichtigt werden. Vielleicht stellen sie dann weniger an. Und lernen könnten sie auch ein bisschen, obwohl ich fürchte, das wird nicht viel bringen.«
Molo kratzte sich am Kinn. »Ja, besonders lerneifrig waren unsere Kinder bisher nicht, ich glaube nicht, dass sie fröhlich büffeln werden. Aber meinetwegen darf Henri eure Waldschule besuchen.«
Flohling warf Lisbet einen schnellen Blick zu. Fiel ihr auch

auf, dass es nicht sehr nett war, was die Eltern da über ihre Kinder sagten?
Doch Elsa redete gerade auf Lisbet ein. »Ich schicke euch meine kleine Stina. Aber den Kindern darf nichts passieren, sie dürfen sich nicht verletzen oder in Gefahr geraten. Ich traue ihnen nicht so viel zu, ihr zwei seid für sie verantwortlich. Wehe, es geschieht ihnen etwas.«
Flohling schluckte. Lisbet trat verunsichert von einem Bein auf das andere. Doch Flo wollte unbedingt, dass sie es versuchten, und sagte laut: »Ja, wir passen gut auf.«

Auch Krümels Eltern waren einverstanden, und so war es beschlossen: Lisbet und Flo würden im Sommer eine kleine Waldschule leiten.

»Huh, das ist eine ganz schön große Aufgabe, oder?«, fragte Lisbet später, als sie Flohling in der Pause einen Honiglolli reichte.
Flo wickelte den Lutscher aus und steckte ihn in die rechte Backe. »Ist dir eigentlich aufgefallen, wie schlecht die Eltern von ihren Kindern geredet haben? Dass sie Unsinn machen und nicht genug lernen?«
Lisbet seufzte. »Ja, aber ich bin sicher, dass sie es nicht böse meinen. Sie lieben ihre Kinder sehr.«
»Mmh«, brummte Flohling nachdenklich.
»Na ja, wir zwei werden wohl die Fleißigsten sein, immerhin müssen wir den Unterricht vorbereiten«, stöhnte Lisbet.
Flohling kicherte. »Du würdest sowieso viel lernen. Meistens nervst du doch in den Ferien irgendjemanden mit deinen vielen neugierigen Fragen.«
Lisbet schubste ihn ein bisschen. »Hey«, schimpfte sie. »Ich nerve gar nicht!«
»Doch«, gluckste Flohling. »In den letzten Ferien hast du Opa Onno den letzten Nerv geraubt, weil du schon morgens um sechs vor seinem Haus gestanden und ihn durch die geschlossene Tür Sachen gefragt hast, bevor er auch nur eine Hose anziehen konnte.« Flohling musste

den Lutscher aus dem Mund nehmen, weil er so lachen musste.
Lisbet zog die Nase kraus. »Nur das eine Mal«, sagte sie. »Ich wollte eben alles über Holz lernen.«
Flohling sah sie an. »Ja, und das ist toll. In diesen Ferien bist du dann eben diejenige, die antwortet, und nicht die, die fragt.«
Lisbet dachte eine Weile nach. »Ich freue mich schon darauf. Ich fürchte nur, dass irgendetwas schiefgehen wird.«
»Was soll schon schiefgehen?«, sagte Flohling sorglos wie immer. »Wir sind doch zusammen.«

Bald hatte er Lisbet mit seiner Vorfreude angesteckt. Gemeinsam planten sie spannende Ausflüge und Experimente, bei denen die Kinder ganz nebenbei eine Menge lernen würden.
»Eigentlich ist es ein bisschen wie Babysitten«, fand Lisbet. »Nur für mehrere Kinder.« Sie saß mit Flohling auf der Bank im Mühlenhof und schrieb auf, welche Ausflüge sie mit der Klasse machen wollten.
Flohling hielt sein Gesicht in die Sonne und schloss die Augen. »Ach, es sind ja nur vier Kinder, eine sehr kleine erste Klasse.«
»Zum Glück«, meinte Lisbet. »Also, unsere Ideen für die erste Woche sind: eine Wanderung durch den Wald, ein Ausflug an den See, der Brückenbau mit deinem Opa, ein Picknick auf der Lichtung und die Besichtigung deiner

Tierstube.« Sie knabberte gedankenversunken an ihrem Bleistift. »Und was genau bringen wir ihnen bei?«
Flohling griff nach seinem Glas und trank einen großen Schluck Rhabarberschorle. »Alles, was uns einfällt«, sagte er. »Du bist die Pflanzenkennerin, und ich kann eine Menge über Tiere erzählen. Über die gefährlichen Sachen wissen wir beide viel. Ich bin sicher, die Kinder hören gut zu und freuen sich, ganz viel zu lernen.«
Lisbet war sich nicht so sicher. Sie dachte daran, was die Eltern gesagt hatten. Und sie erinnerte sich an Flohling, der in der ersten Klasse ständig geträumt hatte. Und an Okko, der lieber Papierflieger unter dem Tisch gefaltet hatte, als zuzuhören. Aber auch *die* beiden hatten am Ende alles Wichtige gelernt.
Plötzlich kritzelte Lisbet wieder eifrig drauflos.
»Was schreibst du jetzt auf?« Flohling blinzelte neugierig.
»Für den ersten Tag bringe ich erfrischendes Pfefferminzwasser mit. Und im Wald pflücken wir dann Waldmeister, daraus können wir Waldmeistercreme als Nachtisch machen. Oder leckere Bowle. Oder ...«
Flohling unterbrach sie. »Ich wusste, dass es dir gefallen wird«, sagte er. »Du denkst dir immer gern etwas aus.«
Lisbet lachte. »Ja, es fängt an, Spaß zu machen!«
Das würde es, da war Flohling sich ganz sicher.

Wenige Wochen später begannen die Sommerferien. Gleich am ersten Tag standen Lisbet und Flohling pünktlich im

Schulraum der ersten Klasse. Flohling hatte in schönster Schrift mit bunter Kreide WALDSCHULE an die Tafel geschrieben. Vor ihnen saßen Henri, Krümel, Anuk und Stina und sahen sie erwartungsvoll an.

»Guten Morgen und herzlich willkommen in der Waldschule«, begrüßte Flohling die Kinder feierlich.

»Was ist eine Waldschule?«, wollte Henri wissen.

»Während der Ferien bringen Flohling und ich euch so viel wie möglich über den Wald und seine Tiere bei«, erklärte Lisbet. »Als Erstes sollten wir die Tische an die Seite schieben und uns im Kreis hinsetzen.«

Sofort sprangen die Kinder auf und rückten die Möbel neu zurecht. Lisbet hatte bunte Kissen mitgebracht. Als alle sich daraufgesetzt hatten, sprudelten die Fragen aus den Kindern heraus.

»Müssen wir Hausaufgaben machen?«

»Ist es gefährlich?«

»Sehen wir wilde Tiere?«

Flohling freute sich, dass sie so aufgeregt waren. »Das Wichtigste ist, dass wir Spaß haben«, sagte er. »Na ja, und wichtig ist auch, dass ihr auf uns hört. Denn wir kennen uns im Wald gut aus. Lisbet und ich möchten euch zeigen, wie ihr ein Teil des Waldes werdet. Wir Littel gehören genauso zur Natur wie Tiere und Pflanzen. Es ist wie in einer großen Familie. Jeder nimmt Rücksicht und passt auf den anderen auf.«

»In einer Familie streitet man aber«, wandte Stina ein.

»Ja, das gehört dazu«, sagte Flohling. »Auch im Wald gibt es Streit, und es ist nicht immer friedlich. Ihr wisst, dass manche Tiere miteinander kämpfen, um zu klären, wer der Anführer einer Gruppe wird. Oder dass manche Tiere andere fressen. Es gibt also Gefahren im Wald. Aber wir sitzen hier zusammen, damit ihr lernt, was gefährlich ist und wie ihr auf euch aufpassen könnt.«
Die vier Schulkinder waren so zappelig, dass Flohling und Lisbet beschlossen, gleich zu ihrem ersten Spaziergang in den Wald aufzubrechen. Die Kinder waren begeistert und rannten im Nu hinaus.
»Jetzt sind sie schon weg!«, rief Lisbet erschrocken. »Flo, ich bin nicht sicher, ob wir diese Zappelflöhe wirklich gut beaufsichtigen können.«
Flohling grinste. »Ich habe draußen eine kleine Bremse eingerichtet«, sagte er. Lisbet sah ihn fragend an. »Eine Bremse? Was denn für eine Bremse?«

Muki war die Bremse. Er saß vor der Schule und guckte die Kinder genauso neugierig an wie sie ihn.
»Da ist Muki«, jubelte Henri und öffnete seine Arme weit. »Komm zu mir, ich trag dich!«

Muki schüttelte den Kopf. »Binich kein Rucksack!«, sagte er beleidigt.

Henri lachte. »Du bist so lustig!«, rief er.

Da sah Muki Lisbet und Flohling aus der Schule kommen. Er flatterte auf und flog davon.

»Ihr könnt ihm hinterherlaufen«, sagte Flo. »Er weiß, wo es hingeht. Aber bleibt zusammen.«

Henri rannte sofort los, Krümel folgte ihm. Stina lief etwas langsamer hinterher, sie sprang fröhlich von Stein zu Stein, über Wurzeln und Äste. Anuk ließ sich am meisten Zeit, sie ging sogar hinter Flohling und Lisbet und schaute sich aufmerksam um.

»Komm schon, Lisbet, wir schaffen das«, sagte Flohling aufmunternd und griff nach der Hand seiner Freundin.

»Du hast recht«, meinte Lisbet und lächelte. »Es wird schon gut gehen.«

Damit der erste Tag im Wald ein richtig schönes Erlebnis für die Kinder wurde, hatten Lisbet und Flohling sich ein paar Überraschungen ausgedacht. Hinter der ersten Kurve wartete Krotte, Lisbets Haustier. Geduldig ließ sie sich von den Kindern streicheln, und Lisbet konnte gleich eine Menge über Kröten erklären. Ein paar Biegungen weiter zwitscherte Pilfink zwischen den Ästen und vollführte die tollsten Flugkunststücke. Stolz fächerte er danach seine Federn auf, damit Flohling zeigen konnte, wie sie angeordnet waren, welche Federn Pilfink zum Fliegen brauchte und welche ihn warm hielten.

Außerdem wies Lisbet unterwegs immer wieder auf Kräuter und Blumen hin.
Die Schulkinder waren neugierig und fragten ununterbrochen. Tatsächlich bemerkten Flohling und Lisbet auch, dass die Kinder keine Erfahrung im Wald hatten: Sie waren laut, trampelten herum und vertrieben dadurch alle Tiere. Außerdem stolperten sie, fassten in Brennnesseln oder zertraten abseits des Weges Pflanzen, die Lisbet ihnen eigentlich erklären wollte. Aber sie hörten aufmerksam zu, und es machte Spaß zuzusehen, wie sie den Wald für sich entdeckten.
»Das gefällt mir«, flüsterte Lisbet schließlich, während

die Kinder zu der großen Lichtung vorausliefen, auf der sie Pause machen wollten.
»Ja, ich mag es auch«, stimmte Flohling zu.
»Magich es auch!«, rief Muki, der über ihnen von Ast zu Ast sprang. »Magich noch lieber Essen. Gibtes Essen?«
Flohling nickte. »Ja, auf der Lichtung picknicken wir.«
»Hassu keinen Picknickkorb«, sagte Muki besorgt.
Da musste Flohling lachen. »Das ist eine Überraschung«, sagte er. »Flieg voraus und schau dich um.«
Sofort zischte das Muski mit flatterndem Schwänzchen davon.

Auf der Lichtung saßen die Kinder im Moos und ruhten sich aus. Krotte und Pilfink waren nach Hause zurückgekehrt.
»Ich hab Durst«, jammerte Henri.
»Viel Durst«, stimmte Krümel ihm zu.
Flohling rieb sich das Kinn. »Ach, wenn wir jetzt doch eine Fee hätten, die zaubern kann. Das wäre prima.«
Lisbet schloss die Augen und rief: »Ich wünsche, dass frisches Minzwasser an den Bäumen wächst!« Sie schnippte mit den Fingern, und alle starrten nach oben.
»Da wächst ja wirklich etwas«, sagte Stina verblüfft.
An den Zweigen der Bäume hingen kleine Flaschen mit Wasser, die in der Sonne glitzerten. Flohling hatte sie früh am Morgen dort aufgehängt, aber das wussten die Kinder natürlich nicht. Sie sprangen auf und halfen sich gegenseitig, die Flaschen abzunehmen.

»Kannst du dir auch Essen wünschen?«, fragte Henri.
Lisbet lächelte. Sie schloss erneut die Augen. »Ich wünsche uns einen Korb mit leckerem Picknick«, sagte sie und schnippte erneut mit den Fingern.
Alle schauten in die Baumkronen hinauf.
»Das hat leider nicht geklappt«, meinte Stina.
»Doch«, quiekte Muki. »Habich das gefunden, ich allein!«
Er tanzte auf einem alten Baumstamm herum, der am Boden lag. Stina lief zu ihm.
»Ja, hier ist der Korb«, sagte sie und zog ihn aus dem hohlen Stamm hervor.
»Darfich als Erster reingucken«, mahnte Muki und stürzte sich sogleich auf den Korb.
Flohling sah zu Anuk, die am Rand der Lichtung stand. Er stellte erleichtert fest, dass sie lächelte. Offensichtlich machte ihr der Ausflug Spaß.
Nach einem ruhigen Picknick durften die Kinder in den Wald wandern – aber nur so weit, dass sie Lisbet immer noch singen hören konnten. Das hatte auch Madame Leliki so gemacht. Flohling genoss es sehr, dass er einfach im Moos liegen und in die grünen Zweige hinaufschauen konnte.
»Du singst so schön«, sagte er leise.
Muki, der auf einem Ast saß, ließ sein graues Schwänzchen im Takt baumeln. Flohling bemerkte, dass das Muski ganz leise mitsummte. Oder schnurrte es?
Als Lisbet einige Lieder gesungen hatte, pfiff sie auf ihren

Fingern, und die Kinder kamen zurück. Henri hatte sich den Zeh an einer Baumwurzel gestoßen, Stina war mit dem Kopf gegen einen Ast gerannt. Krümel hatte sich an den Brombeeren gestochen und Anuk sich beinahe verlaufen. Dennoch erzählten sie mit glänzenden Augen, was sie alles entdeckt hatten, und stellten eine Menge Fragen. Lisbet und Flohling bemühten sich, während des Rückwegs alle zu beantworten. Als sie schließlich in der Schule ankamen, war es Mittagszeit.

»Das habt ihr toll gemacht, es war ein schöner Tag«, sagte Flohling. »Bis morgen.«

Stina strahlte. »Gehen wir morgen wieder in den Wald?«

»Natürlich«, sagte Lisbet. »Und dann sammeln wir Waldmeister, damit wir einen leckeren Nachtisch daraus machen können.«

»Ich liebe Waldmeister!«, jubelte Henri.

»Und ich liebe Nachtisch«, brummte Krümel.

Sogar Anuk, die bisher nicht viel gesprochen hatte, drehte sich noch einmal um und sagte: »Danke, das war schön.«

Flohlings Herz hüpfte. Er war glücklich, und er konnte auch Lisbet ansehen, dass sie sehr zufrieden war. Was für ein erfolgreicher erster Tag in der Waldschule. So konnte es weitergehen!

So macht Lernen Spaß

Die vier Schulkinder liebten die Vormittage in der Waldschule, und auch Lisbet und Flohling machte es großen Spaß. In der zweiten Woche unternahmen sie wieder viele Wanderungen. Außerdem baute Opa Onno mit den Kindern eine einfache Holzbrücke über den Tümpel, und Okko erklärte ihnen in seiner Schmiede, warum sie kein Feuer im Wald machen durften.

Am Ende der Woche halfen Lisbet und Flohling den Kindern, sich eine Aufgabe auszusuchen, für die sie allein zuständig waren.

»Es wird euer Projekt für die nächsten Wochen«, erklärte Lisbet. »Es dauert nicht mehr lange bis zum längsten Tag des Jahres, an dem wir im Litteldorf das Mittsommerfest feiern. Dort könnt ihr dann allen eure Projekte vorstellen.«

Die Kinder waren Feuer und Flamme. Sie hatten sofort wilde Ideen.

»Ich fange eine Schlange!«, rief Henri. »Dann lerne ich ihre Sprache. Wie du, Flohling.«

»Huh, ich glaube, das wird nicht so gut klappen«, fürchtete Flohling.

»Ich bringe Muki das Schreiben bei!«, rief Stina.

Das Muski, das still auf der Fensterbank gesessen hatte,

sprang auf. »Willich nicht schreiben«, fauchte es. »Willich kein Projekt sein!«

»Nein, das musst du nicht«, sagte Flohling, doch Muki sprang bereits beleidigt zum offenen Fenster hinaus.

»Ach, schade«, murmelte Stina.

Lisbet erläuterte: »Sucht euch bitte etwas aus, das in der Natur sowieso geschieht. Das könnt ihr beobachten oder begleiten. Es ist sehr spannend, Tiere oder Pflanzen in Ruhe aus der Nähe anzuschauen.«

Sie halfen den Kindern ein wenig beim Nachdenken, und bald hatte jedes eine gute Idee. Den ganzen Vormittag lang dachten sie eifrig über ihre Projekte nach.

Henri wollte mit Flohlings Hilfe einen großen, luftigen Käfig aus Holz und Draht bauen. Dann würde er ein paar Raupen sammeln und viele Zweige mit hineinlegen, deren Blätter die Raupen gern fraßen.

»Wir nehmen die Raupen des Littelwaldlings«, erklärte Flohling. »Diesen Schmetterling gibt es nur hier bei uns in den Wäldern. Diese Raupen sind jetzt im Juni schon ziemlich groß, sie werden sich bald verpuppen, also einhüllen. In dieser Hülle verwandeln sie sich dann in einen Schmetterling. Wenn die Falter schlüpfen, lässt du sie aus dem Käfig heraus. So lange kannst du sie in Ruhe beobachten.«

Henri war begeistert.

Stina plante mit Lisbet, ein kleines Beet zu bauen, in dem sie Kräuter anpflanzen konnte.

»Welche Kräuter kennst du denn?«, fragte Lisbet.
»Pfefferminze, Petersilie und …« Stina überlegte, doch mehr fiel ihr nicht ein.
»Schnittlauch? Kamille? Salbei?«, fragte Lisbet.
»Nein, aber macht nichts«, fand Stina. »Die kann ich ja kennenlernen. Ich möchte etwas, aus dem ich Tee kochen kann, etwas, das man so essen kann, und etwas, aus dem wir Medizin für Flohlings Tiere machen können.«
»Sehr gut«, lobte Lisbet. »Dann nehmen wir auf jeden Fall Minze, daraus kannst du warmen Tee kochen oder kalten Sommertee. Für die Medizin wäre Kamille gut. Und zum Knabbern nehmen wir Kapuzinerkresse. Die ist schön scharf. Oder Gänseblümchen?«
»Blumen zum Essen?«, fragte Stina erstaunt. »Ja, die nehme ich auf jeden Fall.«
Auch Krümel war ganz versunken in seine Aufgabe. Er wollte eine breite Glasvase mit Steinchen, Erde und vielen grünen Pflanzen füllen und dafür sorgen, dass alles feucht war. Dann würde er einige Regenwürmer hineinsetzen und sie beobachten. Lisbet fand das eine tolle Idee. »Durchs Glas kannst du sehen, wie die Regenwürmer Gänge bohren«, meinte sie. »Und auch, wie sie Blätter von oben hineinziehen und fressen.«
»Ich mag Regenwürmer«, sagte Krümel. »Ich werde gut auf sie aufpassen.«
Die Einzige, die still blieb, war Anuk. Flohling ließ sie lange überlegen, dann setzte er sich neben sie und fragte

freundlich: »Hast du eine Idee, was du machen möchtest, Anuk?«

Das Littelmädchen lächelte. »Schon lange«, sagte sie.

»Ach so?« Flohling sah sie verwundert an.

»Ich möchte gern die Eule aus deiner Tierstube pflegen.« Anuk schilderte ihm genau, wie sie die Eule durch das Fenster beobachtet hatte. Dass sie viel über Eulen gelesen hatte und sie betreuen wollte.

Flohling rieb sich unschlüssig die Nase. »Eigentlich ist das eine gute Idee, denn Elsie langweilt sich tatsächlich sehr«, sagte er. »Aber wilde Tiere werden keine Haustiere, weißt du das?«

Anuk lächelte. »Natürlich«, sagte sie und nickte eifrig.

Flohling zögerte, denn er vermutete, dass Anuk doch glaubte, die Eule zähmen zu können. Dennoch würde sie viel lernen, und auch Elsie würde sich gewiss freuen. Also stimmte er zu. »Sie muss in der Tierstube bleiben«, sagte er. »Aber du darfst jederzeit zu ihr. Ich zeige dir, was sie frisst und worauf du achten musst.«

Anuk strahlte.

Mehrere Tage bastelten die Kinder an ihren Projekten, und Anuk verbrachte viel Zeit bei der Eule. Außerdem machten sie lange Spaziergänge, kletterten auf Bäume und tobten durch das Dickicht. Die Kinder begannen sich im Wald sicher zu fühlen. Doch immer wieder gab es Mo-

mente, in denen Flohling und Lisbet sie stoppen mussten, damit sie nicht aus Versehen ein Tier gefährdeten. So hatte Stina ganz viele Schnecken mit ihren Häusern gesammelt und ins Dorf getragen. Sie wollte sie auf einen Stein in die Sonne setzen, damit sie es schön warm hatten. Lisbet erklärte ihr, dass die Schnecken im Wald bleiben mussten und viel Feuchtigkeit brauchten, damit sie nicht austrockneten.

Den kleinen Krümel entdeckten sie einmal in einem Baum auf einem Ast. Nah neben ihm lag ein Vogelnest, das er beobachtete. Flohling lockte ihn vom Baum und bat ihn, den Vögeln ihre Ruhe zu lassen. »Solange du dort bist, kommen die Eltern nicht zurück. Außerdem haben sie Angst vor dir, du bist riesig für sie.«

Die Kinder verstanden jedes Mal, warum es falsch war, was sie gemacht hatten. Und dann taten sie es nicht wieder.

»Es sind wirklich großartige Kinder«, fand Lisbet.

Da konnte Flohling nur nicken.

Als Flohling und Lisbet sich eines Morgens gemeinsam einige Knusperlinge bei Elsa holten, trafen sie in der Bäckerei Krümels Mama Lana.

»Hallo, Flo, hallo, Lisbet«, sagte sie.

»Hallo, Lana«, erwiderte Lisbet. »Geht es dir gut?«

Lana nickte. »Ihr bringt Krümel und den anderen viel bei, das gefällt mir. Er berichtet jeden Tag begeistert, was er alles gelernt hat.«

Flohling grinste stolz.

»Seid ihr sicher, dass er vorsichtig genug ist? Krümel hat mir erzählt, dass er in einen Baum geklettert ist. Ich weiß nicht, ob er übertrieben hat, aber er sagte, er sei bis in die Spitze gekrochen.«

»Er kann sehr gut klettern«, bestätigte Flohling.

»Das kommt mir gefährlich vor. Wie wir wissen, sind die Kinder nicht immer so geschickt«, meinte Lana besorgt.

»Ja, sie überschätzen sich bei so etwas sicher rasch«, sagte Elsa und reichte ihnen die Tüte mit Knusperlingen über den Tresen.

»Die Kinder sind vorsichtig«, erwiderte Lisbet. »Sie wissen genau, was sie können. Und in der Baumspitze war

Krümel natürlich nicht.« Sie wurde ein wenig rot. »Wir passen gut auf.«
Lana nickte, sah jedoch noch immer besorgt aus. »Also gut, dann weiterhin viel Spaß.«
»Habt einen schönen Tag!«, rief Elsa ihnen nach, als sie die Bäckerei verließen.
Draußen sah Lisbet Flo unsicher an. »Meinst du, wir lassen die Kinder zu viel machen? Vielleicht ist es sicherer, wenn wir nicht klettern.«
»Nein, nein«, sagte Flohling unbekümmert. »Sie sind doch vorsichtig. Die Kinder müssen Dinge wagen, um dazuzulernen. Und wir passen gut auf. Ein bisschen gefährlich ist das Leben halt immer.«
Lisbet nickte, aber ganz beruhigt war sie nicht.

Was für wundervolle Talente!

Wenige Tage später stand eine Wanderung durch den Wald an, auf der die Kinder zeigen durften, welches Talent in ihnen schlummerte. Es mochte sein, dass sie im Wald noch etwas unbeholfen waren, aber in seinem Talent war jeder Littel schon als Kind sehr begabt.
Begeistert nahmen die Jungen und Mädchen ihre Rucksäcke auf den Rücken und liefen los. Dabei sangen sie ein Lied, das Lisbet für sie gedichtet hatte:

»Hallo, Wald, heut wandern wir, denn wir sind so gerne hier.
Fuß vor Fuß, Schritt für Schritt, alle Tiere wandern mit.
Eidechsen und Käfer, kleine Siebenschläfer,
Hasen und ein Fuchs, auch einmal ein Luchs.
Eichhörnchen und Rehe, Amsel, Kauz und Krähe,
Bienen, Wespen, Hummeln, die sich mit uns tummeln.
Sie alle sind im Wald wie wir, und alle sind wir gerne hier.«

Flohling pfiff fröhlich dazu und hüpfte im Takt über den Waldweg. Ab und zu sah er sich nach Anuk um, die wie so oft ganz hinten lief. Heute sah sie irgendwie besorgt aus.
»Anuk, ist alles gut?«, rief er schließlich.

Das Littelmädchen nickte. »Ich denke nur nach«, sagte sie.
»Soll ich ein bisschen mit dir zusammen nachdenken?«, fragte Flohling.
Anuk schüttelte den Kopf. Da ließ Flohling sie in Ruhe, denn er wusste gut, dass man manchmal Zeit für sich allein brauchte.
An einer Weggabelung mit drei großen Findling-Steinen hielt er an.
»Henri, du wolltest doch an einer Stelle mit vielen Buchen anhalten, damit du uns dein Talent vorführen kannst. Hier stehen einige dieser Bäume. Magst du uns etwas zeigen?«
Henri strahlte. »Auf jeden Fall!« Er setzte seinen Rucksack ab und holte eine große Holzschale heraus. »Mein Talent ist das Wassertalent. Das ist sehr nützlich für die Arbeit in der Wäscherei oder in der Küche. Aber es hilft auch bei anderen Dingen. Wenn einer von euch mal ein Haus baut, kann ich herausfinden, ob der Boden trocken genug dafür ist. Ich kann fühlen, wo Wasser fließt, und riechen, ob es Quellwasser oder Flusswasser ist.« Er reckte stolz die Brust. »Außerdem habe ich etwas geübt, das ich noch niemandem gezeigt habe. Ich glaube, das kann sonst niemand, jedenfalls nicht mein Papa, der ebenfalls ein Wassertalent hat. Schaut her!« Henri blickte nach oben, und auch die anderen sahen hinauf. Die vielen hellgrünen Blätter der Buchen glitzerten feucht, es hatte in der Nacht geregnet. Henri lief murmelnd hin und her und suchte einen guten Platz für seine Vorführung. Unter einem tief

hängenden breiten Zweig blieb er stehen. Er nahm die Zweigspitze in seine Hand und bewegte sie vorsichtig hin und her, so sanft, dass man es kaum sehen konnte. Doch die zarten Blätter der Buche nahmen die Schwingung auf, zunächst nur die unteren, dann auch die oberen. Schließlich begann die gesamte Baumkrone hauchzart zu schwingen. Da hielt Henri seine Schale unter den Zweig. Allen stockte der Atem, als sie sahen, wie plötzlich viele tausend glitzernde Wassertropfen von Blatt zu Blatt perlten, ihren Weg nach unten suchten und nach und nach in die Schüssel liefen.

Als Henri seine bis zum Rand gefüllte Schale herunternahm und ihnen stolz entgegenhielt, fingen die Littelkinder an zu klatschen. Auch Lisbet und Flohling applaudierten.

Lisbet flüsterte: »Hast du gewusst, dass so etwas geht? Was war das? Magie?«

Flohling zuckte mit den Schultern.

»Möchte jemand frisches Regenwasser trinken?«, fragte Henri grinsend.

Natürlich wollten alle probieren!

»Es schmeckt wie Wasser«, sagte Stina etwas enttäuscht.

Auch Flohling hatte erwartet, dass es anders schmecken würde. Ob Henri nun traurig war?

Doch der kleine Litteljunge grinste nur. »Ja, für euch schmeckt es wie normales Wasser. Für mich schmeckt es nach Baum, Wind und frischen Blättern. Es kribbelt auf der Zunge, macht aber gleichzeitig, dass ich ganz ruhig werde.«

»Das ist unglaublich, Henri«, sagte Flohling.

Henri wurde rot vor Stolz. »Ich habe lange geübt«, sagte er.

»Und das hast du deinen Eltern noch nicht gezeigt?«, wollte Lisbet wissen.

Henri ließ den Kopf hängen. »Nein. Ich wollte es ihnen letzte Woche vorführen, aber sie meinten, sie wissen, was das Wassertalent ist.«

Flohling runzelte die Stirn. Er fand es schade, dass die Eltern ihren Kindern so wenig zutrauten.

Sie wanderten weiter und lauschten dabei Henris Erzählungen darüber, wie er sein Wassertalent entdeckt und was er schon alles damit erlebt hatte.

Flohling wandte sich Lisbet zu. »Ich glaube, diese Kinder sind wirklich etwas ganz Besonderes«, sagte er. »Wahnsinn, was sie können. Wieso ist uns das bisher nicht aufgefallen?«

»Ich glaube, alle Kinder sind besonders«, sagte Lisbet. »Bisher haben wir immer nur darüber gesprochen, was sie *nicht* können. Wir wissen gar nicht genau, was sie alles können und wissen. Oder was ihnen wichtig ist.«

Flohling lächelte. »Dann lernen wir jetzt von ihnen.« Er war sehr gespannt, was die anderen Kinder ihnen zeigen würden.

Bald kamen sie an den westlichen Waldrand. Hier gab es eine kleine Anhöhe, von der aus man weit über Wiesen und Felder schauen konnte. Sie machten es sich gemütlich, und jeder packte sein Frühstück aus.

Krümel legte eine kleine Decke in die Mitte, öffnete eine Schachtel und breitete Gebäck und Knabbereien auf der Decke aus.

»Ich bin ein Backlittel«, erklärte er. »Ich kann euch hier im Wald schlecht zeigen, wie gut ich backen oder Teig kneten kann. Auch von meiner feinen Nase für Mehl und andere Zutaten kann ich euch nur erzählen. Aber dafür dürft ihr probieren, was ich gestern Leckeres für euch gezaubert habe.«

Auf der Decke stapelten sich kleine Muffins, von denen jeder eine hübsche Verzierung besaß. Manche waren mit feinen Mustern überzogen, auf anderen standen winzige Figuren aus Zucker. Daneben lagen Himbeer-Schokoküsschen, Mini-Erdbeerguglhupfe und Tannenwipfel, kleine Pralinen aus den frischen Tannenspitzen. Ganz zum Schluss holte Krümel kleine Rosinenschnecken heraus, die er an jeden verteilte.
»Darauf bin ich besonders stolz«, sagte er.
»Die sehen gar nicht so besonders aus wie die anderen Sachen«, fand Henri.
Krümel lächelte. »Beißt mal hinein«, sagte er.
Also bissen alle in die Rosinenschneckchen und kauten.
»Mmh, du liebes Veilchen, was ist da drin?«, schwärmte Lisbet.
Henri und Stina stopften sich die Schnecken gleich ganz

in den Mund, Flohling biss genussvoll Stück für Stück ab. Anuk schob die Hälfte der Schnecke in ihre Brotdose. »Ich heb mir noch etwas für heute Nachmittag auf«, erklärte sie Stina.

»Das war köstlich«, sagte Flohling bewundernd.

»Danke«, sagte Krümel. »Die Geheimzutat ist Rosensirup.«

»Du bist wirklich ein Back-Zauberer«, lobte Lisbet. »Deine Eltern sind bestimmt sehr stolz auf dich.«

Krümel ließ die Schultern hängen. »Ich habe ihnen die Rosinenschnecken noch nicht angeboten. Sie denken, ich wäre nicht so gut, weil ich Elsas Kuchen nicht nachbacken kann. Aber jeder hat doch seine eigenen Rezepte, oder?«

Lisbet nickte und nahm ihn rasch in den Arm.

Dann stürzten sie sich auf die anderen Knabbereien. Alles schmeckte unglaublich lecker, und bald lag die Wandergruppe dösend im Gras und ruhte sich aus.

Plötzlich sprang Stina auf. »Jetzt bin ich dran!«, rief sie. »Ich bin nämlich eine Kraftlittel.«

»Du?«, staunte Flohling. Er kannte bisher nur einen Littel mit diesem Talent, das war Lisbets Opa. Er konnte schneller rennen als alle anderen, kletterte sicher bis in die höchsten Höhen, wand sich durch winzige Gänge oder Höhlen. Außerdem war er stark wie kein anderer. Er war derjenige, der in schwierigen Situationen half. Und so etwas konnte die kleine Stina?

Stina kicherte. »Ich kann noch nicht alles, aber ich bin recht gut. Schaut her.«

Und schon sauste sie los. Zuerst rannte sie blitzschnell in den Wald. Während die anderen ihr hinterhersahen, rief sie plötzlich von unten auf der Wiese: »Hallo, hier bin ich!«
Erstaunt drehten sich alle um – da flitzte sie schon wieder los und kehrte kurz darauf zurück an ihren Platz. Dann kletterte sie an einer alten Eiche hinauf. Sie griff mit den Händen in die Rinde und stemmte die Füße gegen den Stamm. In Windeseile war sie oben und saß auf einem dicken Ast. »Huhu!«, rief sie fröhlich, dann sprang sie wie ein Eichhörnchen zum nächsten Baum hinüber und kletterte wieder zu ihnen herunter.
Lisbet war ganz blass im Gesicht.
»Puh«, stöhnte auch Flohling. »Ich habe ein bisschen Angst um dich gehabt.«
»Das musst du nicht«, sagte Stina. »Ich übe viel in den zwei Bäumen hinter unserem Haus.«
Lisbet schüttelte erstaunt den Kopf. »Warum hast du uns nie etwas gesagt? Du wolltest doch nie auf Bäume klettern wie die anderen. Ich dachte immer, du hast Angst vor der Höhe.«
Stina lachte. »Mama sagt, ich soll nicht angeben. Dabei weiß sie gar nicht, wie hoch ich tatsächlich klettern kann. Na ja, und ich soll die anderen nicht dazu anstiften, dasselbe auszuprobieren, weil das gefährlich sein kann.«
»Ich mache so etwas bestimmt nicht nach!«, rief Henri. »Du hättest mir das ruhig mal zeigen können. Auf jeden

Fall weiß ich, wer nächstes Mal den Ball holt, wenn er beim Spielen auf dem Dach landet.«

Alle lachten.

»Ihr seid wirklich fabelhaft«, sagte Flohling. Dann sah er zu Anuk hinüber. Er hatte schon die ganze Zeit bemerkt, dass sie schwieg und sich still verhielt. So als wäre sie am liebsten unsichtbar. Oder zumindest nicht hier bei ihnen.

»Anuk, möchtest du uns auch etwas zeigen?«, fragte er sanft. »Es muss aber auch nicht heute sein, wenn du nicht magst.«

Anuk erstarrte. Dann sprang sie auf und lief in den Wald.

»Anuk!«, rief Flohling. »Warte!« Er wandte sich an die anderen. »Ihr bleibt bitte bei Lisbet. Ich hole sie zurück.« Rasch lief er ihr nach.

Flohling spitzte seine Ohren. Anuks Schritte waren gut zu hören, sie preschte über Laub und Zweige und rannte durch Büsche, sodass es kräftig raschelte. Doch auf einmal wurde es still. Flohling wartete kurz, damit sie sich beruhigen konnte. Dann näherte er sich der kleinen Gestalt, die vor einem Baum saß und die Knie fest umschlungen hielt. Er setzte sich neben sie.

»Du musst nichts vorführen«, begann Flohling leise. »Du kannst etwas darüber erzählen. Oder du behältst es für dich, das ist in Ordnung.«

Anuk schluchzte. »Ich würde ja gern, aber ...«, sie hob den Kopf, »... da ist nichts zu zeigen. Und erklären kann ich auch fast nichts.«

Flohling strich ihr tröstend über den Arm. »Sagst du mir, was dein Talent ist?«
Anuk seufzte. »Ich bin eine Littelamme. Ich helfe, wenn eine Frau schwanger ist und wenn ihr Littelbaby auf die Welt kommt.«
Flohling sah sie liebevoll an. »Das ist ein wunderbares Talent.«
»Ich weiß«, flüsterte Anuk. »Aber ich kann noch nichts, das kommt alles erst, wenn ich größer werde. Eine Littelamme kann das Baby ganz früh im Bauch spüren. Sie weiß, ob es ihm gut geht, und kann der Mama sagen, was sie tun soll, um es gut zu versorgen. Vielleicht kann ich das ja sogar schon, nur wie soll ich das wissen, wenn niemand ein Baby bekommt?«
Flohling nickte. »Fühlst du dich nicht gut mit deinem Talent?«, fragte er.
Anuk hob den Kopf. »Doch, doch!«, sagte sie aufgeregt. »Das Talent ist toll, ich will kein anderes! Aber ich muss so lange warten, bis ich etwas damit anfangen kann. Und ich kann euch heute nichts zeigen.«
Flohling stand auf und reichte ihr die Hand.

»Komm, wir gehen zurück zu den anderen. Ich sage ihnen, dass du uns ein anderes Mal davon erzählst. Wann das sein wird, darfst du entscheiden.«
Anuk zögerte kurz, dann griff sie nach Flohlings Hand. »In Ordnung«, murmelte sie.

Für die anderen Kinder war es kein Problem, dass Anuk nicht über ihr Talent sprechen wollte. Als sie später aufbrachen, gesellte sich Stina zu Flohling.
»Wir wissen alle, dass sie eine Littelamme ist«, flüsterte sie.
Flohling hob erstaunt die Augenbrauen. »Ach, wirklich?«
»Ja«, meinte Stina. »Wir drücken die Daumen, dass bald jemand ein Baby bekommt, aber noch hat es nichts genützt.«
Flohling lächelte. »Ihr seid gute Freunde«, sagte er.
Stina nickte. »Immer!«, sagte sie.
Während des Rückwegs sorgten die Kinder dafür, dass Anuk stets in der Mitte lief. Sie umringten ihre Freundin wie ein kleines Vögelchen, das sie beschützen mussten. Flohling lächelte, als er es bemerkte. Die Kinder waren wunderbar.

Willes uns fressen!

Die Projekte der Kinder entwickelten sich hervorragend. Am Ende der Woche betrachteten Flohling und Lisbet gemeinsam mit ihren Schulkindern die neuesten Veränderungen. Henris Raupen hatten sich inzwischen verpuppt, also passierte dort gerade nicht viel. Doch Stinas Kräuter wuchsen prächtig, und im Regenwurmglas von Krümel konnten sie viele Gänge bestaunen und den Würmern beim Kriechen zusehen. Anuk erzählte jeden Tag von der Eule. Sie hatte mit Flohling zusammen den Flügel untersucht und berichtete stolz, dass Elsie bald wieder fliegen konnte. »Ich finde sie wunderbar, und sie vertraut mir. Ich darf sie streicheln, ihre Federn glatt streichen und sie füttern.« Die Kinder waren genau wie Lisbet und Flohling sehr zufrieden.

»Unglaublich, dass schon wieder eine Woche vergangen ist«, meinte Lisbet, als sie die Kinder nach dem Unterricht verabschiedeten und das Klassenzimmer verließen. Flohling streckte sich. »Stimmt«, meinte er. »Die Tage vergehen wie im Flug. Die Kinder lernen so fleißig, und wir unternehmen so viele spannende Ausflüge, es sind auch für uns tolle Ferien, finde ich. Doch nun freue ich mich trotzdem auf ein bisschen Stille am Wochenende.« Flohling war gerne mal allein. Er hatte die Kinder und Lisbet sehr gern, aber ab und zu musste er einfach nur für sich im Wald herumstromern.

Ganz früh am Samstagmorgen sah er nach Elsie. Außer ihr war zurzeit kein Tier in der Tierstube. Die Eule saß in ihrer Fensternische – und neben ihr Anuk, die den flaumigen Eulenbauch kraulte und Elsie Lieder vorsang.

»Du bist aber früh dran«, sagte Flohling.

Anuk lächelte. »Ich finde es so schön hier«, sagte sie.

»Hast du Muki gesehen?« Sie deutete auf das Fenster. »Als ich kam, ist er gerade weggeflogen. Er hat mir leider nicht gesagt, wohin.«

»Macht nichts, er ist eben ein Waldtier, vermutlich braucht er ein bisschen Zeit für sich. Die vielen Littel um ihn herum – das wird ihm manchmal zu viel.« Flohling konnte ihn gut verstehen, und sein Herz machte einen kleinen Freudenhüpfer. Er würde heute auch Zeit für sich haben, und die würde er am blauen See verbringen. Fröhlich summend schnappte er sich seinen Rucksack.

In aller Littelruhe machte Flohling sich auf den Weg zum blauen See. Ob die Seerosen schon blühten? Die Steinchen auf dem Weg knirschten unter seinen Füßen, die Blätter rauschten sanft im Wind, eine Amsel zwitscherte ein Gutenmorgenlied. Flohling spürte, wie sein Herz ruhiger schlug und seine Gedanken leicht wurden. So war es jedes Mal, wenn er allein in der Natur unterwegs war.
Bald lag der blaue See vor ihm. Heute Morgen sah er genauso aus, wie sein Name es versprach: tiefblau. Die Morgensonne glitzerte auf den Seerosenblättern. Ein paar rosa Blüten waren bereits geöffnet und wurden von den Libellen umschwärmt.
Flohling zog rasch seine Stiefelchen und Socken aus und tapste in das kühle Wasser. »Uh, das ist aber kalt«, murmelte er und suchte sich lieber eine sonnige Stelle am Ufer, wo er sich hinlegen konnte. Er bettete seinen Kopf auf den Rucksack und blinzelte in den Himmel. Die dicken weißen Wolken malten Bilder, und er betrachtete sie eine Weile. Lag es an seinem Talent, oder würden andere Littel auch lauter Tiere in den Wolken sehen? Flohling entdeckte wattige Schäfchen,

lang gezogene Fische und dickbäuchige Hamster. Eine Wolke sah sogar aus wie Opa Onno! Flohling schmunzelte, und ohne dass er es richtig bemerkte, schlief er ein.

Er wachte von einem Druck auf seiner Brust auf. »Puh«, stöhnte er und öffnete die Augen.
»Ach, Muki, du bist es«, brummte er. »Du bist ganz schön schwer.«
»Binich nicht schwer«, sagte das Muski beleidigt. »Bissu zu schlapp.«
Flohling grinste. »Ich freue mich, dass du da bist.«
Muki wurde rot. »Weißich, dass ich immer nicht da bin. Binich viel im Wald. Kommich bald wieder mehr in dein Tierhaus.«
Flohling streichelte über seine Flügel. »Nein, das meinte ich nicht. Du darfst so viel im Wald sein, wie du möchtest. Das ist doch dein Zuhause. Du bist ja kein Haustier.«
Muki legte den Kopf schief. »Nein, binich das nicht. Aber magich dich sehr.«
»Ich dich auch«, sagte Flohling. Er schob sich die Locke aus der Stirn. »Mir ist ganz heiß, die Sonne steht ja schon hoch am Himmel.«
»Isdas logisch, isdoch Tag.«
Flohling lachte. »Stimmt. Na, kommst du mit mir in den See? Ein bisschen planschen?«
Muki schüttelte sich. »Igitt, nein, machsu das allein. Passich auf deine Sachen auf.«

Flohling zog rasch seine Kleidung aus und rannte mit Anlauf in den See. Das war so erfrischend! Er schwamm und tauchte ein bisschen und ließ sich auf dem Wasser treiben. Als er anfing, in dem kühlen Wasser zu frieren, stapfte er wieder hinaus. Er griff nach seinem Handtuch und trocknete sich ab. Muki saß still neben seinem Rucksack und starrte in die Büsche.

»Was ist?«, fragte Flohling.

»Isda etwas, das sich nicht viel bewegt«, flüsterte Muki. »Willes uns bestimmt fressen.«

Flohling schüttelte sich das Wasser aus den Littelohren. »Ach was, niemand will uns fressen. Ich gehe mal hin.«

»Neiiiin, bissu vorsichtig«, quiekte das Muski mit weit aufgerissenen Augen.

Flohling schlich zu den Büschen und lugte zwischen die Blätter. Tatsächlich, da lag ein Tier. Sein rotbraunes Fell war matt, und es bewegte sich kaum. Es war ein Eichhörnchen! Ob es krank war?

»Hallo, liebes Eichhörnchen«, sagte Flohling leise. »Geht es dir gut? Kann ich dir helfen?«

Das Eichhörnchen seufzte. »Hallo. Nein, du musst mir nicht helfen. Ich bin Igor, und ich bin einfach sehr alt. Meistens sitze ich ruhig im Baum, noch lieber liege ich versteckt unter den Sträuchern. Ich bin älter als alle anderen Eichhörnchen, die ich kenne, aber nun habe ich keine Kraft mehr. Ich glaube, meine Zeit ist gekommen, ich werde wohl bald sterben.«

Flohling strich ihm liebevoll über das Fell. »Hast du Schmerzen, oder geht es dir schlecht?«

»Nein«, sagte Igor. »Ich bin nur sehr, sehr schwach.«

»Hast du denn keine Familie in der Nähe?«

Igor schüttelte den Kopf. »Meine Frau ist schon vor langer Zeit gestorben, und Kinder habe ich keine. Liebe Freunde sehen ab und zu nach mir, aber es ist mir ganz recht, allein zu sein.«

Flohling nickte. »Ich habe eine Tierstube für kranke Tiere. Zurzeit ist nur eine Eule bei mir. Du könntest dort in einem weichen Nest liegen, und ich würde dir Futter bringen.«
Igor brummte. »Ein Altenheim für Eichhörnchen?«
Flohling sah ihn ernst an. »Nur wenn du möchtest …«
Das Eichhörnchen überlegte eine Weile. »Ich fände es schön, doch ich möchte dir nicht zur Last fallen.«
»Das tust du nicht«, versicherte Flohling. »Ich mache das gerne. Kannst du den Weg bis dorthin laufen?«
Igor nickte. »Aber ich brauche viele Pausen.«
»Das ist in Ordnung, wir haben Zeit«, sagte Flohling. Er sagte Muki Bescheid, der schon mal zur Tierstube vorlief. Dann ging er mit Igor langsam, sehr langsam gemeinsam zurück zum Dorf.

Muki hatte Anuk erzählt, dass Flohling mit einem Eichhörnchen kommen würde. Als sie in die Mühle traten, sagte Anuk: »Ich habe dir einen Platz vorbereitet. Gefällt er dir?« Sie zeigte auf einen geflochtenen Korb, der oben geschlossen war und vorne einen Eingang hatte. Genau wie ein Eichhörnchenkobel, das Nest, das sich Eichhörnchen in Bäumen bauen. Innen lagen kleine Decken und ein wenig Heu.
»Das sieht gemütlich aus«, wisperte Igor, kroch matt hinein und schlief gleich darauf ein.

Anuk streichelte ihm über den Rücken. »Er ist sehr schwach«, meinte sie. »Ist er krank?«
»Nein, er wird bald sterben, weil er sehr alt ist«, erklärte Flohling.
»Ach so«, sagte Anuk. Flohling hatte erwartet, dass sie traurig sein würde, aber Anuk nahm es einfach hin.

Die anderen Kinder jedoch waren bestürzt, als sie davon hörten. Gleich am Nachmittag stürmten sie die Mühle.
»Psst«, mahnte Flohling und scheuchte die drei aufgeregten Littelkinder nach draußen. »Igor braucht Ruhe.«
»Anuk hat gesagt, er wird sterben. Er darf nicht sterben!«, rief Stina.
»Kannst du nicht etwas tun?«, fragte Henri.
»Ja, tu etwas!«, sagte Krümel.
Flohling setzte sich mit ihnen unter den Apfelbaum. »Tiere wissen recht gut, wann ihre Zeit im Wald zu Ende ist. Viele ziehen sich zum Sterben zurück und bleiben allein. Ich habe Igor angeboten, dass er seine letzte Zeit hier verbringen kann. Er hat es warm und muss sich nicht um sein Essen kümmern.«
Stina atmete auf. »Ach, du fütterst ihn mit guten Sachen.«
Auch Henri stand beruhigt auf. »Du tust also doch etwas.«
»Dann ist ja gut«, brummte Krümel.
Und schon waren die drei Littelkinder wieder verschwunden. Flohling zog nachdenklich die Nase kraus. Er hatte das Gefühl, dass die Kinder ihn nicht wirklich verstanden

hatten. Offenbar gehörte auch das Sterben zu den Dingen, über die sie noch etwas lernen mussten. Flohling seufzte. Er würde in aller Ruhe mit ihnen darüber reden. Aber nun wollte er zuerst Nussbrei für Igor machen. Und Elsies Flügel wollte er heute auch noch einmal ansehen. Ach, es würde sich schon alles finden.

Überraschung im Fluss

Die Eltern der Schulkinder drängten inzwischen darauf, zu erfahren, was ihre Kinder gelernt hatten. Doch die kleinen Littel hatten Flohling und Lisbet gebeten, ihnen noch nichts über die Projekte zu verraten. Sie wollten ihre Eltern beim Mittsommerfest mit den Ergebnissen überraschen. »Dann sehen alle, was wir können«, meinte Stina.

Um den Eltern aber ein bisschen von der Waldschule zu zeigen, begannen sie am Montagmorgen, den Dorfplatz zu verschönern. Die Kinder hatten viele Dinge im Wald gesammelt, aus denen sie jetzt Bilder rund um das Schulhaus legten. Aus Federn, Stöcken, Steinen, Blättern und Blüten entstanden zauberhafte Muster und auch Bilder von Tieren oder Pflanzen.

Nach einer Weile kamen die Eltern hinzu. Sie hatten nun Frühstückspause und tranken ihren Lupinenkaffee draußen bei den Kindern. Schweigend sahen sie ihnen zu. Flohling dachte zunächst, sie seien zufrieden, doch nach einer Weile nahm Opa Onno ihn zur Seite und flüsterte: »Die Eltern meckern.« Flo sah Opa an,

dass ihm das nicht gefiel. »Sie haben wohl gedacht, dass sie hier wertvollere Ergebnisse sehen würden.«

Flohling schnappte nach Luft. »Aber sich mit Dingen aus dem Wald zu beschäftigen, *ist* wertvoll!«, sagte er empört.

Opa kratzte sich den Bart. »Ja, ich denke, sie erwarten handfeste Ergebnisse. So wie bei euren Projekten. Willst du nicht lieber davon erzählen?«

Flohling schüttelte den Kopf. »Nein, ich habe es den Kindern versprochen. Außerdem ist das, was wir hier machen, wichtig. Ein Bild zu legen, sich etwas auszudenken, zu malen, zur Ruhe zu kommen. Das tut gut, auch wenn sie am Ende nichts Großes vorzeigen können.« Seine Littelohren zuckten aufgeregt. »Die Eltern schauen irgendwie nicht richtig hin. Stell dir mal vor, sie wissen gar nicht, was ihre Kleinen mit ihren Talenten alles können. *Davon* sollte ich ihnen erzählen.« Er drehte sich um – doch die Eltern waren bereits gegangen. Auf dem Boden saßen seine vier kleinen Schützlinge mit hängenden Köpfen. Nur Anuks Bruder Okko war noch bei ihnen und legte eifrig ein Bild aus Steinen. »Das macht wirklich Spaß«, murmelte er.

»Mein Papa glaubt, dass wir nicht sehr viel gelernt haben«, meinte Anuk.

Stina sah Flohling traurig an. »Und meine Mama findet, dass unsere Schule nicht Waldschule heißen sollte, weil wir keine richtigen Aufgaben machen.«

Flohling stemmte die Hände in die Hüften. »Also, das ist

doch …« Er war wütend. Konnten diese Eltern denn nicht mal zuhören?
»Sie haben viel zu tun«, sagte Henri schnell.
»Ja, meine Mama ist ganz lieb«, versicherte Stina. »Sie will eben, dass ich viel lerne.«
Plötzlich ließ Okko sich neben die Kinder plumpsen. »Also, *ich* kann ja gut zuhören,« meinte er. »Erzählt mir doch mal was über … hmm … die Vögel im Wald.«
Sofort plapperten die vier aufgeregt durcheinander. Okko lauschte geduldig.
»Ich wusste gar nicht, dass ein Specht zwanzigmal in einer Sekunde gegen den Stamm hämmern kann …«, sagte er schließlich staunend. »Das ist ja unglaublich. Und ihr seid sicher, dass sie davon kein Kopfweh bekommen?«
»Ganz sicher«, sagte Henri kichernd.
»Und stimmt das ehrlich, dass manche Libellen rückwärtsfliegen können?«, fragte Okko seine Schwester Anuk misstrauisch. »Oder veräppelst du mich?«
Anuk lachte. »Nein, das stimmt.«
Okko sagte zu Lisbet und Flohling: »Die sind echt schlau. Schlauer als ich. Ich glaube, die Waldschule ist eine hammergute Idee.«
Stolz sahen die Kinder sich an.
Flohling lächelte. »Tja, die Kinder wollen alles wissen und lernen blitzschnell. Es macht uns großen Spaß, oder, Lisbet?«
Sie nickte. »Es ist wunderbar.«

Später beugte Lisbet sich zu Flo und flüsterte: »Ist mir egal, was die Eltern denken. Ich finde, wir sind gute Lehrerlittel.«
Er betrachtete lächelnd ihre kleinen Schulkinder. Ja, Lisbet und er machten es wirklich gut. Das würden die Eltern auch noch merken. Flohling lächelte. Sie hatten eine Menge Spaß, und der Sommer war herrlich. Es war alles gut!

Lisbet und Flo wollten den Kindern unbedingt den gesamten Littelwald zeigen. Sie sollten sich gut auskennen und stets wissen, wie sie nach Hause kommen. Bei der nächsten Wanderung führten sie die kleinen Littel daher zum dunklen Tannenwald. Es war eine lange Wanderung, denn dieses schattige Waldstück lag weit südlich des Dorfes, am Rande des Littelwaldes. Tatsächlich wurde es immer dunkler, die Bäume immer dichter. Irgendwann drang kaum noch Sonne durch die Baumkronen, und es wurde recht kühl.
»Hier ist der Wald viel dunkler und stiller«, fand Stina. »Ich finde es ein bisschen unheimlich.«
»Ihr habt schon viel vom Littelwald gesehen«, erklärte Lisbet. »Heute wollen wir euch in den düsteren Teil des Waldes führen. Wenn man sich irgendwo gut auskennt, gibt man manchmal nicht mehr so recht acht. Aber im Wald muss man ständig aufpassen.«
»Ich hätte unser Hauslumini mitnehmen sollen«, meinte

Henri. »Es könnte vor uns herfliegen und uns den Weg leuchten.«
Flohling freute sich, dass Henri so eine gute Idee hatte. In der Tat brachten die zarten Lichtwesen abends warmes Licht in ihre Stuben. Hier im Wald brauchten sie die Lumini aber nicht. »Es ist zwar etwas finster«, sagte er, »doch tagsüber könnt ihr auf jeden Fall immer genug sehen.«
»Gibt's hier wilde Tiere?«, wollte Krümel wissen. Er sah ein bisschen besorgt aus.
»Wilde Tiere schon«, sagte Flohling, »aber keine gefährlichen, ihr braucht keine Angst zu haben.«
»Wie Wildschweine!«, rief Stina. »Die sind riesig und bestimmt gerne im dunklen Wald.«
»Wildschweine und die meisten anderen Tiere halten sich fern, wenn wir Littel durch den Wald stromern. Ein Wildschwein ist nur gefährlich, wenn du dich zwischen eine Mutter und ihre Kinder stellst. Dann könnte es sein, dass sie dich aus dem Weg schubst, um ihre Frischlinge zu beschützen.«
»So heißen die Wildschweinkinder«, erklärte Lisbet.
Da waren die kleinen Littel beruhigt und wanderten fröhlich weiter. Sie staunten über den kräftigen Duft, den die Tannen verströmten, und spürten aufmerksam, wie weich der Boden aus Tausenden von Nadeln unter ihren Füßen war.
»Dort drüben fließt die Flöde, ein tiefer und stark strö-

mender Fluss, der bis in den hohen Norden führt. Dort können wir gut Rast machen«, sagte Flohling.

Er war selbst erst ein Mal hier gewesen und erinnerte sich an eine Stelle, an der das Wasser des rauschenden Flusses sich hinter einigen großen Steinen sammelte. Dort war es flach und sandig, genau richtig für ein Picknick und ein bisschen ungefährliches Planschen. Kurze Zeit später hatten sie die Stelle erreicht. Alle zogen gleich ihre Schuhe und Socken aus und stapften durch das Wasser.

»Oh, schön kühl!«, quiekte Henri. Doch bald stieg er hungrig aus dem Wasser und spähte in seinen Rucksack.

»Ich habe Apfelmus mitgebracht!«, rief er und stellte sein Glas in die Mitte.

Auch die anderen hatten etwas dabei, und so lag im Nu ein leckeres kleines Picknick vor ihnen: Honigkekse und Himbeeren, Erdbeerspieße und Kräuterbrot, kleine Pfannkuchen mit Nussmus. Sie knabberten und knusperten fröhlich drauflos, und Flohling erklärte ihnen die Vogelstimmen, die um sie herum erklangen.

»Oh, könnt ihr den Kuckuck hören?«, fragte Lisbet plötzlich. Sie lauschten, und tatsächlich: *Kuckuck!* Da war er!

Plötzlich hob Anuk den Kopf und sah den Fluss hinunter. Sie hielt kurz inne, dann drehte sie sich wieder zu den anderen. Eine Weile unterhielten sie sich weiter, dann begann Anuk erneut, mehrere Male den Fluss hinabzusehen.

»Was hörst du da?«, wollte Flohling wissen. Er spitzte

seine langen Littelohren, konnte jedoch nichts Auffälliges bemerken.

»Es ist nicht zu hören«, murmelte Anuk. »Aber da ist irgendetwas.«

Flohling runzelte die Stirn. »Na komm, wir sehen nach«, sagte er.

Auch die anderen sprangen auf und zogen ihre Schuhe an. Anuk lief voraus, am Fluss entlang. Die Sträucher standen hier sehr dicht, doch bald erspähten sie es alle: Dort lag etwas Großes im Wasser. Es sah aus wie ...

»Ein Ei!«, rief Henri erstaunt.

»Ein riesiges«, betonte Krümel.

Nah am Ufer lag ein Ei mitten in einem Haufen Zweige und Äste im Wasser. Es war fast so groß wie ein Littel und hatte bunte Flecken.

»Flo, was ist das für ein Ei?«, wollte Lisbet wissen.

»Ich habe keine Ahnung«, flüsterte Flohling fasziniert. So ein Ei hatte er noch nie gesehen.

Henri klatschte aufgeregt in die Hände. »Das ist so riesig, das muss von einem großen Tier kommen.« Er überlegte. »Das größte Tier, das mir einfällt, ist ein Hirsch. Oder ein Wildschwein?«

Krümel lachte. »Henri, du Schlaumi, die legen doch keine Eier. Nur Vögel legen Eier.«

»Und Frösche und Fische und Schlangen und ...«, verbesserte Stina.

Henri grunzte. »Jaja, ich weiß. Ich sagte ja nur, das größte Tier, das ich *kenne* ...«

»Schsch!«, machte Lisbet und deutete auf Anuk, die sich dem Ei näherte.

Alle verstummten.

»Anuk, auch wenn das Ei am Ufer liegt, es ist immer noch ein reißender Fluss, gib acht«, flüsterte Flo.

Anuk passte gut auf und stellte sich, so nah es ging, vor das Ei. Langsam hob sie eine Hand. Sie zögerte kurz, dann legte sie ihre Hand auf die Schale. Danach auch die andere Hand und ihre Wange.

»Hörst du was?«, wisperte Stina.
Anuk stand noch eine Weile still da, dann drehte sie sich um. Sie strahlte über das ganze Gesicht. »Es lebt!«, flüsterte sie. »Ich kann fühlen, dass es lebendig ist und dass es ihm gut geht. Ich hab es gespürt, es war richtig stark, wie ein warmes Fließen und ein Pochen – ich kann es fühlen wie eine richtige Littelamme!« Ihre Augen füllten sich mit Tränen.

Henri rannte zu ihr und umarmte sie. Krümel umarmte alle beide, und auch Stina knuddelte mit. Als Anuk aus dem Littelknäuel wieder auftauchte, drückten Lisbet und Flohling sie fest an sich.

»Das ist wunderbar«, freute sich Lisbet mit ihr.

Flohling legte seine Hand auf die Schale. »Weißt du, was es für ein Tier ist, Anuk?«

Sie schüttelte den Kopf.

Auch die anderen Kinder legten nun ihre Hände auf die kühle Schale. »Ich fühle nichts«, sagte Henri.

»Ich auch nicht«, stimmte Krümel zu.

Lisbet hob die Schultern. »Ja, das kann wohl nur Anuk fühlen.«

»Egal, welches Tier daraus schlüpfen wird, ich bin sicher, das Ei sollte nicht in den Fluss rollen«, vermutete Flohling. »Hier liegen keine spitzen Steine, also lasst uns das Ei herausholen und dort ins Moos legen, da hat es wenigstens etwas Sonne.« Er deutete auf eine grüne Stelle, die gerade von breiten Sonnenstrahlen erhellt war.

Achtsam zogen sie das Ei aus den nassen Zweigen, schoben und rollten es zur Seite und stopften Moos und Erde drum herum, damit es sicher lag und nicht wieder zurückrollen konnte.

»Eigentlich werden Eier doch von den Eltern warm gehalten, oder?«, überlegte Stina.

Flohling zwirbelte nachdenklich seine blonde Locke. »Meistens. Aber die Eier von Fischen sind ja auch kalt. Wer weiß, was das hier ist.«

»Ich weiß es!«, jubelte Henri. »Das ist bestimmt ein Drache!«

»Ein riesiger«, meinte Krümel.

»Das hoffen wir lieber nicht«, fand Lisbet und lachte. »Wenn die Drachenmutter kommt, schubst sie uns sonst aus dem Weg wie ein Wildschwein. Und ich vermute, das ist nicht so angenehm.«

Die Kinder kicherten mit. Natürlich gab es keine Drachen, das wussten sie auch.

»Wir können es nicht den langen Weg zum Dorf tragen oder rollen«, überlegte Flohling. »Wir lassen es hier, vielleicht kommen die Eltern zurück. Ich werde zu Hause sofort in die Sagalithütte gehen und alle Bücher durchstöbern. Das ist so spannend! Kommt, auf geht's zurück nach Hause.«

Lisbet sah ihn staunend an. Das war sehr vernünftig von Flohling. Sie hatte erwartet, dass er als Tierdoktor nur an das Ei denken würde. Aber er kümmerte sich um die Kinder, wie ein Lehrer es eben tat.

In Wahrheit zitterte Flo vor Aufregung, und sein Herz schlug schneller als ein Specht klopfte. Was konnte das nur für ein Ei sein? Hoffentlich schlüpfte das Wesen darin nicht, bevor Flohling es noch einmal besuchen konnte. Er wollte unbedingt dabei sein. Wenn es nötig war, würde er tagelang hier übernachten!

Lisbet stupste ihn an. »Ich kann fast hören, was du denkst, so laut rasen die Gedanken durch deinen Kopf.«

Flohling grinste. »Ist es nicht unglaublich? Was meinst du, was es ist?«

Lisbet lachte auf. »Ich hab keine Ahnung. Aber ich bin sicher, du wirst es herausfinden.«

»Ganz bestimmt«, sagte Flohling entschlossen.

Ach, du Schreck!

Der Rückweg ihrer Wanderung führte sie am Fluss entlang. Nach einer Weile teilte er sich, und sie konnten am ruhigeren Flussarm weiterlaufen, der flach und friedlich dahinplätscherte. Es war ein herrlicher Spaziergang durch die wärmenden Sonnenstrahlen. Im Fluss lagen viele große Steine, auf denen die Littelkinder balancieren konnten. Krümel sprang voran. Auch die anderen kletterten fröhlich lachend über die Felsen. Natürlich hüpften Flohling und Lisbet mit. Wer konnte da schon widerstehen? Bald hatte das erste Littelkind nasse Füße.

»Macht nichts!«, rief Henri. »Meine Füße sind sowieso zu warm.« Er setzte sich auf einen Felsen und zog Schuhe und Strümpfe aus. Dann watete er durch das seichte Wasser. »Oh, das ist schön kalt.«

Die anderen machten es ihm nach.

»Mmh, das tut wirklich gut«, sagte Lisbet.

Langsam taperten sie hintereinander her, schlängelten sich an den überhängenden Sträuchern vorbei und schoben Äste zur Seite. Das Wasser war klar, und sie konnten kleine Fische darin umherschwimmen sehen. Flohling nutzte die ruhige Stimmung und erklärte den Littelkindern, was es am Fluss zu beachten gab, wo es gefährlich sein konnte und welche Tiere hier lebten.

Plötzlich schrie Stina auf. »Autsch, etwas hat mich gebissen!«, rief sie entsetzt und fasste sich ans Ohr. »Es ist noch an meinem Ohr, was ist das?«

Flohling beugte sich vor. »Das ist kein Tier, das ist irgendetwas aus Metall. Beweg dich nicht, Stina, ganz stillhalten.«

Und Stina hielt ganz still. Flohling besah sich das seltsame Ding, an dem ein Faden befestigt war. »Das ist ein kleiner Angelhaken«, sagte der dann. »Tut es sehr weh, Stina?«

Sie schüttelte den Kopf. »Wenn ich das Ohr stillhalte, geht es«, sagte sie.

»Ich schneide den Faden ab, aber den Haken lassen wir von der Medilit herausmachen«, sagte er. »Sie säubert die Wunde dann auch.« Behutsam trennte er mit seinem Taschenmesser den Faden durch, während Lisbet Stina tröstend die Hand drückte.

Danach legte Flohling Stina den Arm um die Schultern. »Kommt, gehen wir rasch zurück ins Dorf.«

Flohling und Lisbet hatten mit den Kindern besprochen, was zu tun war, wenn es einen Notfall gab. Die Kinder liefen zu zweit los. Keiner trödelte, niemand machte Quatsch. Flohling und Stina gingen voraus und gaben die Schnelligkeit vor, die anderen folgten zügig. Lisbet bildete das Schlusslicht. Im Nu waren sie im Dorf angekommen, und Flohling führte Stina zur Tierstube.

»Liliana!«, rief Flohling und öffnete die Tür. »Stina ist verletzt.«
Die Medilit erkannte sofort, was zu tun war. Sie träufelte betäubende Tropfen auf die Wunde, dann entfernte sie den Haken und sprach dabei behutsam auf Stina ein, um sie zu beruhigen. Schließlich säuberte sie die Wunde, gab ein paar Tropfen darauf und verband das Ohr.
»Es wird sicher noch ein bisschen wehtun«, sagte Liliana. »Am besten, du ruhst dich heute aus.«
Stina nickte.
»Danke, Liliana«, sagte Flohling und schob Stina sanft zu den anderen nach draußen. Danach drehte er sich noch einmal zur Medilit um. »Ich frage mich, was ein Angelhaken in den Sträuchern zu suchen hat«, sagte er.
»Hm, einer aus dem Dorf wird dort geangelt haben, und beim Auswerfen hat sich der Haken verheddert. Dann war er vermutlich zu faul, um ihn zu holen, und hat nur daran gezogen, bis die Schnur gerissen ist«, vermutete Liliana.
»Aber solche Dinge in der Natur liegen zu lassen ist gefährlich. Für uns Littel und für die Tiere«, sagte Flohling kopfschüttelnd. »Diesmal war es kein Littelkind, sondern ein großer Littel, der es hätte besser wissen müssen.«
Die Medilit nickte. »Ja, auch Erwachsene machen dumme Sachen. Obwohl sie wissen, dass es falsch ist. Wir sollten das auf der nächsten Dorfversammlung einmal ansprechen.«
Das nahm Flohling sich fest vor.

Vor der Tierstube tröstete Lisbet Stina noch ein wenig, dann brachten sie das Littelmädchen gemeinsam nach Hause.

Elsa hatte sie durchs Küchenfenster kommen sehen und öffnete ihnen die Tür.
»Hallo, liebe Waldschule, besucht ihr mich heute? Wie schön, dann kommt mal ...« Sie stutzte, als sie den Verband an Stinas Ohr entdeckte. »Stina, was ist, bist du verletzt? Geht es dir gut?«
Stina nickte. Doch als ihre Mama sie in den Arm nahm, kullerten ihr Tränen über die Wangen.
»Ihrem Ohr geht es gut«, versicherte Flohling und erklärte, was geschehen war.
Elsas Stirn legte sich in Sorgenfalten. Oder war sie zornig? »Ich habe irgendwie geahnt, dass es auf Dauer nicht gut gehen kann«, sagte sie. »Vier kleine Zappelflöhe, die im Wald herumstromern ... Da hat Stina offenbar noch einmal Glück gehabt. Verzeih mir, Flohling, aber das ist mir alles zu gefährlich. Stina bleibt jetzt zu Hause, um gesund zu werden.« Sie drehte sich um und ging mit ihrer Tochter ins Haus.
Die anderen Kinder sahen Flohling fragend an.
»Heißt das, sie darf nicht mehr mitmachen?«, fragte Anuk.
Flohling hob die Schultern. »Ich weiß es nicht«, sagte er. »Geht nun alle nach Hause, wir sehen morgen weiter. Ich danke euch für diesen wunderbaren Tag.«

Mit hängenden Köpfen schlurften die drei kleinen Littel davon.
Lisbet versuchte Flohling zu trösten. »Wir können nichts dafür, so etwas passiert einfach«, sagte sie. »Oder?«
Flohling räusperte sich. »Ja, so etwas kann passieren. Stina tut mir sehr leid, aber wir konnten nicht ahnen, dass sich in den Sträuchern etwas Gefährliches verbirgt.« Er seufzte. »Ich hoffe, Elsa wird sich wieder beruhigen. Eigentlich ist es auch gar nicht so schlimm gewesen. Auch im Dorf hätte ein Kind stolpern oder auf einen Stein treten können.«
Lisbet zog die Nase kraus. »Ich weiß nicht, es ist schon ein bisschen anders. Es war immerhin ein Metallstück. Und ausgerechnet im Ohr!« Unglücklich trottete sie nach Hause.

Flohling sah ihr bedrückt nach. Doch nach einer Weile wanderten seine Gedanken zu dem faszinierenden Ei. Jetzt, wo er nicht mehr auf die Kinder aufpasste, konnte er endlich darüber nachdenken. Ein kleines Lächeln huschte über sein Gesicht. Was mochte das nur für ein Tier sein? Er überlegte kurz, ob er gleich in den Büchern stöbern sollte, entschied dann aber, zuerst Mittag zu essen und später in die Sagalithütte zu gehen. Mit vollem Magen würde er sich besser konzentrieren können. Vielleicht wussten seine Eltern sogar etwas über das Ei.

Im Haus duftete es köstlich nach frischen Gurken.

»Hallo, Flo, es gibt kalte Gurkensuppe und Kräuterbrezeln!«, rief Sara.

»Lecker!«, antwortete Flohling. »Und von mir gibt es ganz viel Neues.«

Ausführlich erzählte er von den spannenden Erlebnissen im Tannenwald. Auch von Stina und ihrem Ohr berichtete Flohling. Seine Eltern hörten gebannt zu. Leider wussten sie aber nichts über riesige Eier.

»Bist du sicher, dass es ein Ei war?«, fragte Arve.

Sara prustete lachend in ihre Suppe. »Arve, dein Sohn kann ja wohl ein Ei erkennen!«

Arve kratzte sich am Bart. »Ja, aber ... nein, ich weiß einfach nicht, was ich denken soll. Es gibt keine Drachen, ganz bestimmt nicht.«

Flohling schlürfte wohlig die Gurkensuppe vom Löffel. »Ich weiß, aber was ist es dann? Die Eier der Gyllenikvögel kenne ich, sie sind viel kleiner. Auch Storchen- oder Schwaneneier sind kleiner. Sonst haben wir kaum große Vögel.«

»Vielleicht hat sich ein Vogel aus dem Süden hierher verirrt, den wir nicht kennen?«, schlug Sara vor.

»Oder womöglich legen die Risser Eier, wer weiß das schon?«, meinte Arve.

Die Risser waren große Tiere, die wie Maulwürfe unter der Erde lebten und die kaum ein Littel jemals gesehen hatte.

»Nein, das glaube ich nicht«, sagte Flohling. »Ich muss auf jeden Fall gleich in der Sagalithütte in den Büchern stöbern.«

»Ich kenne alle Bücher, du wirst nichts darüber finden«, gab Arve zu bedenken. »Selbst in dem alten Sagenbuch, in dem viel über Riesen und sprechende Seen der Urzeit steht, habe ich noch nie etwas darüber gelesen. Aber du kannst Opa fragen, der weiß eine Menge.«

Auf einmal klopfte es, und Opa steckte seinen Kopf durch die Tür. »Habe ich da gerade meinen Namen gehört?«

Arve starrte ihn verblüfft an. »Wie machst du das nur? Wenn man von dir spricht, tauchst du auf. Wie ein Geist. Das ist unheimlich.«

Opa Onno lachte.

Flohling holte ihm ein Glas kühle Erdbeermilch aus der Küche, denn er wusste, dass Opa sie gern trank.

»Was gibt's Neues?«, wollte Opa wissen.

Flohling berichtete ihm aufgeregt, was an diesem Tag alles passiert war.

»Ach, du dicker Holzwurm«, meinte Opa lachend. »So viel hast du an einem Tag erlebt?«

Flohling grinste. »Ja, es ist so aufregend. Opa, sag bitte, weißt du etwas über riesige bunte Eier?«

Opa Onno schmunzelte und wackelte mit den Ohren. »Ich kann mich tatsächlich an etwas erinnern, das mein Vater mir erzählt hat. Als er ein Kind war, wurde mal ein Ei gefunden, er hat es selbst gesehen. Er durfte es nicht beobachten, weil die Dorfbewohner meinten, es könnte Riesenadlern gehören, die in den Bergen im hohen Norden wohnen. Sie fürchteten, dass die Vögel angreifen könnten, wenn man ihren Eiern zu nahe kam. Mein Vater ist dennoch am nächsten Tag hingeschlichen, aber es lag nur noch die zerbrochene Schale am Flussufer. Keine Spur von einem Küken oder einem anderen Tier, sosehr er auch gesucht hat.«

Opa Onno nahm einen Schluck Erdbeermilch, die eine rosa Schaumkrone auf seinem grauen Bart hinterließ.

Flohling lachte. »Opa, du siehst lustig aus!« Dann blickte er nachdenklich auf sein Glas. »Ich muss schnell wieder zu dem Ei. Ich möchte unbedingt herausfinden, welches Tier darin wächst. Zur Not schlafe ich dort einfach ein paar Nächte.«

Opa Onno wischte die rosa Schaumkrone von seinem Bart. »Hm. Was, wenn das Ei ganz frisch ist? Du kannst nicht mehrere Wochen im Wald übernachten.«

»Warum nicht?«, fragte Flohling. »Das ist kein Problem für mich, ich fände es sogar ganz spannend.« Es kribbelte richtig in seinem Bauch, wenn er daran dachte.

Seine Mama schüttelte den Kopf. »Nein, das kommt überhaupt nicht infrage. Vielleicht ist es ja doch ein gefährliches Tier. Und sind da nicht eine Eule und ein Eichhörnchen, um die du dich kümmern musst? Du hast auch versprochen, die gesamten Sommerferien für die Schulkinder da zu sein. Das kannst du nicht plötzlich absagen.«

Flohling biss sich grübelnd auf die Lippen. »Ja, das stimmt. Ach, verflixt. Also kann ich nur ab und zu hinlaufen und nachsehen.«

Opa strich ihm liebevoll über die Ohren. »Lass die Lauscher nicht hängen«, tröstete er ihn. »Das nächste Mal, wenn du hinwanderst, komme ich mit.«

Stürmisch fiel Flohling seinem Opa um den Hals. »Du bist der beste, Opa Onno!«

Wir halten zusammen

Am nächsten Tag frühstückten Lisbet und Flohling im Garten von Lisbets Eltern.

»Lisbet«, brummte Flohling, während er seine Zehen von der Sonne wärmen ließ. »Lass uns heute noch mal zu dem Ei gehen.«

»Heute?«, fragte Lisbet erstaunt. »Sollten wir nicht lieber im Dorf bleiben? Bestimmt haben die anderen Eltern von Stinas Verletzung gehört. Ich denke, es wäre besser, wenn wir im Schulhaus unterrichten. Wir können weiter an den Projekten arbeiten. Oder wir besichtigen ein zweites Mal deine Tierstube.«

Flo zuckte mit den Schultern. »Das ist langweilig. Die Kinder wollen sicher noch einmal das Ei sehen.«

»*Du* willst das Ei sehen. Den Kindern ist nicht langweilig«, sagte Lisbet laut. »Nein, Flo, wir bleiben hier.«

Flohling stand auf. »Ich nicht.« Er nahm seinen Teller und seine Tasse, um sie in die Küche zu bringen.

»Es geht aber nicht um dich«, fauchte Lisbet. »Es geht um die Kinder.«

»Ja, und die sind hier im Dorf sicher. Du passt bestimmt hervorragend auf sie auf. Bis später.« Er verschwand durch die Tür ins Haus und ließ die wütende Lisbet zurück.

Doch schon kurz darauf sahen sich die beiden Zanklittel vor Elsas Tür wieder.
»Ich denke, du bist wandern«, zischte Lisbet.
»Und ich denke, du bist in der Schule«, nörgelte Flohling.
»Die ist erst in einer halben Stunde«, erwiderte Lisbet und warf ihm einen wütenden Blick zu. Sie drückte die Klingel, und beide warteten schweigend. Elsa öffnete die Tür nur einen Spaltbreit und murmelte, dass Stina Ruhe brauche. Dann schloss sie die Haustür wieder.
»Elsa ist uns immer noch böse«, seufzte Flohling.
»Kein Wunder«, meinte Lisbet.
»Aber wir können gar nichts dafür«, schimpfte Flohling.
»Wir hätten besser aufpassen müssen«, meinte Lisbet.
»Fängst du jetzt so an wie die Eltern?«, regte Flohling sich auf. »Sollen die Kinder im Wald vielleicht Helme tragen? Schutzanzüge und Taucherbrillen?«
Lisbet sah ihn zornig an, dann musste sie losprusten. »Ja, genau, und Handschuhe und Knieschützer.«
Flohling grinste. »Entschuldigung, ich wollte nicht streiten.«
»Ich auch nicht«, sagte Lisbet zerknirscht.
Plötzlich gellte ein heller Schrei durchs Dorf. Lisbet und Flo sprangen sofort auf und liefen los.
»Das kam aus dieser Richtung!«, rief Lisbet und rannte voran. Flohling folgte ihr. Zwei Häuserecken später entdeckten sie den Grund für das Schreien: Der kleine Thure war zwischen eine Hauswand und den gleich daneben-

stehenden Stapel mit Brennholz gekrabbelt. Der Spalt war so schmal, dass kein erwachsener Littel sich näher an ihn heranschieben konnte, ohne dass das Holz auf Thure stürzen würde. Die Arme und Beine des Jungen wurden von mehreren Liebreizenden umklammert. Der Kleine schrie aufgebracht.

»Das muss furchtbar für Thure sein, er versteht ja gar nicht, dass die Blumen ihm nicht wirklich etwas tun«, sagte Lisbet entsetzt.

Je mehr Thure zappelte, desto fester zurrten die Liebreizenden ihre Stängel.

»Ich gehe dazwischen«, sagte Flohling. »Ich habe sie schon mal gebändigt, damals auf unserer Reise, weißt du noch?«

Lisbet nickte. Doch dann griff sie Flos Arm. »Warte«, sagte sie.

Denn in diesem Moment schoben sich drei kleine Littelkinder von der Hausrückseite in den Spalt. Sie passten gerade so hinein. Henri tastete sich von hinten vor, Anuk und Krümel von der Vorderseite.
Flohling hielt den Atem an. Was taten sie da?
»Hallo, ihr Liebreizenden«, flötete Anuk lockend. »Können wir euch helfen?«
»Es sieht aus, als ob es gerade sehr anstrengend für euch ist«, fügte Henri hinzu. »Dieses Baby schreit so laut, das muss schrecklich für eure zarten Blumenohren sein.«
Die Liebreizenden hielten inne. Auch Thure verstummte und sah die Kinder erstaunt an. Flohling beobachtete, wie Henri dem Kleinen ermutigend zuzwinkerte.
»Ihr seht ganz erschöpft aus. Dabei seid ihr doch eigentlich die schönsten Blumen weit und breit«, schmeichelte Anuk.
Krümel, der hinter Anuk stand, hielt eine kleine Gießkanne nach vorn und goss vorsichtig ein paar Tropfen auf die Erde. Anuk sprach dabei behutsam weiter: »Wir haben etwas Wasser für euch, damit ihr euch stärken könnt. Und wir nehmen euch das laute Littelkind ab, damit ihr euch erholen könnt.«
Tatsächlich entwanden die Liebreizenden ihre Stängel und reckten sich dem kühlen Nass der Gießkanne entgegen.
Henri nutzte die Gelegenheit und nahm rasch den verdutzten Thure vom Boden hoch. Das Baby klammerte sich sofort an ihn.

»Seht ihr, so ist es besser«, sagte Anuk. »Jetzt habt ihr hier mehr Luft und allen Platz für euch. Noch ein bisschen Wasser, dann lassen wir euch in Ruhe.«
»Auf Wiedersehen, Liebreizende«, säuselte Henri, dann zogen die Kinder sich aus dem engen Spalt zurück. Kurz darauf kamen sie mit Thure um die Ecke, der sich vertrauensvoll an Henri kuschelte.
»Das habt ihr super gemacht!«, rief Lisbet.
»Wie toll ihr zusammengearbeitet habt!«, lobte Flohling.
Glücklich sahen die Kinder sich an.
Dann rief Krümel: »Das haben wir alles von euch gelernt!«
Flohling und Lisbet zwinkerten sich zu. Gut, dass die Kinder nicht wussten, dass sie eben gestritten und kein bisschen zusammengehalten hatten. Doch dann lächelten beide. Sie waren so stolz auf ihre Schulkinder!
Henri brachte Thure sofort zu seinen Eltern, die ihn dankbar entgegennahmen.
»Er krabbelt ständig weg«, stöhnte sein Papa. »Wo habt ihr ihn denn gefunden?«
»Sie haben ihn vor den Liebreizenden gerettet, die ihn in den Fängen hatten«, erklärte Lisbet.
Thures Vater staunte. »So kleine Kinder können ein Baby aus den Fängen der Liebreizenden retten?«
»Diese Kinder schon«, sagte Flohling.
Da kam Molo hinter Thures Vater aus der Tür. »Wie bitte? Ihr habt Thure gerettet?« Er sah sie der Reihe nach skeptisch an. »Neulich habt ihr noch Mutproben veranstaltet,

wer sich näher an die Biester herantraut. Seid ihr sicher, dass ihr nicht nur angeben wollt?«

»Nein!«, rief Krümel empört.

Doch anstatt die Kinder zu loben, verschwand Molo mit Thure und seinem Papa im Haus.

Entrüstet machte Flohling den Mund auf – und wieder zu. Er wollte die Kinder gern verteidigen, doch die Tür war schon geschlossen. Flohling kratzte sich verwirrt am Ohr. Warum glaubte Molo den Kindern nicht? Sie waren viel vernünftiger geworden und so einfallsreich, wenn es Probleme gab. Das hätte Molo doch gerade bemerken müssen. Flohling nahm sich fest vor, bald mit den Eltern zu sprechen.

Die Katastrophe

Es war noch früh am Morgen, als Flohling die Tür zur Tierstube aufdrückte. Zuerst sah er nach Muki, aber das kleine Muski war wieder ausgeflogen. Dafür war Anuk da und erzählte der Eule leise eine Geschichte.

»Du hast es gut, Elsie«, sagte Flohling.

Die Eule antwortete *»Schu, schuhu-huhu-schuschu«*, und Flohling übersetzte: »Sie sagt, sie ist dankbar, dass du sie ablenkst.«

Anuk wurde vor Freude ganz rot. »Ich habe sie auch lieb«, sagte sie. »Wir sind dicke Freundinnen geworden.«

»Denk daran, dass sie ein wildes Waldtier ist«, mahnte Flohling.

Anuk lächelte. »Mmh«, murmelte sie nur.

Flohling seufzte. »Lass uns den Verband abnehmen, sie braucht ihn jetzt nicht mehr«, sagte er.

Gemeinsam wickelten sie den Flügel behutsam aus. Die Eule hob ihn vorsichtig an.

»Immer schön bewegen«, riet Flohling. »Das wird schon, Elsie.«

»Du bist so tapfer«, lobte Anuk.

Flohling deutete auf den Korb des Eichhörnchens. »Warum erzählst du deine Geschichten nicht ein bisschen lauter, damit Igor dich auch hören kann?«

»Er ist so müde«, sagte Anuk, »er kann kaum den Kopf heben.« Sie stand auf und ging zu seinem Körbchen hinüber. »Ich weiß inzwischen, dass ich damals nicht nur *gesehen* habe, dass er schlapp ist. Ich habe es *gefühlt*. Wenn ich ihn streichle, spüre ich, dass seine Kraft nachlässt.«

Flohling sah sie prüfend an. »Macht dich das traurig?«

»Ich bin eine Littelamme. Jeder wird geboren und stirbt irgendwann, das ist eben so«, sagte Anuk. Sie beugte sich zu Igor und streichelte ihm über das Fell.

»Hast du schon gefrühstückt?«, fragte Flohling.

»Ja, zu Hause«, antwortete Anuk.

»Möchtest du noch ein Stück Honigzopf?«

Anuks Augen leuchteten. »Oh ja!«
Flohling zog den Honigzopf, den er gerade bei Elsa besorgt hatte, aus seiner Tasche und brach ein paar Stücke davon ab. Der Zopf schmeckte am besten, wenn man ihn direkt aus der Hand knabberte. Sie setzten sich an den kleinen Tisch und schmatzten genüsslich.
»Ich glaube, wir sollten zur Waldschule aufbrechen«, sagte Flohling schließlich.
Sie packten ihre Taschen und stapften los.

Henri kam ihnen bereits auf dem Flur entgegen. »Kommt mit, ihr müsst mitkommen!«, rief er. »Zwei der Schmetterlinge sind geschlüpft, das müsst ihr euch ansehen!« Er rannte zurück in die Klasse.
Anuk und Flohling folgten ihm und spähten neugierig in den selbst gebauten Käfig. Darin saßen zwei kleine Schmetterlinge etwas schlapp auf einem Ast.
»Sie müssen heute Nacht geschlüpft sein«, glaubte Henri. »Seht nur, ihre Flügel sind ganz knittrig, sie entfalten sich noch.«
Tatsächlich waren die orangefarbenen Flügel mit dem braunen Zickzackmuster ziemlich faltig.
»Die sind so hübsch«, hauchte Anuk überwältigt.
Auch Flohling fand die kleinen Falter wunderschön.
»Es ist ein Wunder, dass aus einer dicken Raupe so ein zarter Schmetterling wird«, staunte Lisbet. »Habt ihr auch schon bei Stina geguckt?«

Gemeinsam gingen sie hinaus vor die Schule, denn das hölzerne Hochbeet stand inzwischen draußen in der Sonne.
»Alle Kräuter wachsen fantastisch«, sagte Lisbet. »Ich besuche Stina gleich und erzähle es ihr. Ich hoffe, sie darf morgen früh kommen und ein paar Blätter mit mir ernten.«
»Und was machen deine Regenwürmer, Krümel?«, wollte Henri wissen.
»Sie kriechen fleißig herum«, meinte er und zeigte ihnen im Klassenraum die vielen Gänge, die die kleinen Tierchen gebohrt hatten.
»Es sind fabelhafte Projekte«, lobte Lisbet. »Auf dem Mittsommerfest am Wochenende werden alle mächtig staunen.«
Flohling klatschte in die Hände. »Aber heute wandern wir wie versprochen an den blauen See. Es ist super Badewetter!«
Sofort ließen die Littelkinder alles stehen und liegen und schnappten sich ihre Rucksäcke. An einem so heißen Tag wie heute war Baden einfach das Beste!

Es wurde ein fröhlicher Vormittag. Sie hatten viel Spaß, tobten und quietschten. Sogar Muki ließ sich blicken, schaute aber nur von den Handtüchern aus zu ihnen hinüber. Er wurde nicht gern nass. Flohling und Lisbet jedoch stürmten viele Male ins Wasser und schwammen sogar um die Wette. Nach dem Baden setzten die Littelkinder sich kichernd auf ihre Handtücher.

»Muki, was machst du eigentlich so oft im Wald?«, fragte Anuk. »Immer wenn ich in die Mühle komme, fliegst du los. Was tust du denn die ganze Zeit dort?«

Muki sah sie erschrocken an. »Machich nix«, sagte er schnell.

Anuk lachte. »Na, irgendetwas wirst du uns sicher erzählen können.«

Das Muski legte den Kopf schief. »Erzählich euch was über Muskis«, sagte er. »Sindwir die besten Tiere im Wald. Könnenwir alles. Gehen, rennen, hüpfen, fliegen.« Schon sauste er um die Kinder herum, erst langsam, dann schneller, dann hüpfend und schließlich fliegend. Er landete vor Anuk auf dem Boden. »Wissenwir alles, was im Wald geschieht. Willsu ein Geheimnis wissen, mussdu nur ein Muski fragen.«

Henri meldete sich. Das Muski sah ihn erstaunt an. »Hassu dir wehgetan?«

»Nein, ich möchte etwas fragen«, sagte Henri. »Zu einem Geheimnis.«

Muki beugte sich neugierig vor. »Welches Geheimnis?«

»Na ja, das mit dem komischen Ei im Wald. Wir wissen immer noch nicht, was das für ein Ei ist.«

Muki lehnte sich zurück und verschränkte die Arme hinter dem Rücken. Schweigend marschierte er im Gras hin und her. Es sah sehr wichtig aus. Langsam drehte er sich

zu seinen Zuhörern und flüsterte: »Isdas ein großes Geheimnis.« Dabei riss er die Augen weit auf.
Die Kinder rissen die Augen auch gespannt auf.
Muki flüsterte weiter: »Isdas nicht mein Geheimnis, kannich das nicht verraten.«
Flohling schmunzelte. Er glaubte nicht, dass sein Muski etwas darüber wusste. Muskis machten sich gern wichtig, einige schwindelten sogar ziemlich häufig.
Henri zog eine enttäuschte Schnute. »Schade«, sagte er. Doch als Muki sich unauffällig näher an seinen Rucksack heranschob, musste er lachen. Er wusste genau, was das Muski wollte: etwas zu essen!
Muki setzte sich neben Henri, aber so weit weg, dass Henri ihn nicht mit der Hand erreichen konnte. »Sollsu nicht streicheln«, sagte Muki ernsthaft. »Darfdas nur Lisbet.

Oder Flohling. Oder ...«, er zögerte. »Oder nix«, sagte er und schaute dann auf das Essen. »Gehtdas nun los?«
Henri teilte mit Muki, und auch die anderen Kinder gaben ihm etwas ab. Es war herrlich, unter dem zarten Rascheln der Blätter zu picknicken. Ein paar Ameisen kamen dazu, aber als Flohling mit ihnen sprach und ihnen einige Schritte entfernt ein paar Beeren zermatschte, wanderten sie dorthin.
In das kleine Muski passten eine Menge Käseknusperlinge und ein ganzer Haufen Beeren. Da konnten die Littel nur staunen. Bald lag es flach auf dem Boden, das dicke Bäuchlein in die Luft gereckt, und schnarchte leise vor sich hin.
»Ui, sieht das niedlich aus«, flüsterte Henri und beugte sich vor. Sehr leise hob er seine Hand und schob sie näher an Muki heran ...
»Sollsu nicht streicheln«, murmelte das Muski im Halbschlaf, und Henri zog eilig seine Hand zurück.
Anuk kicherte.
»Hier, du kannst meine Füße kraulen«, sagte sie und streckte Henri eine nackte Fußsohle entgegen.
»Du hast Schlamm am Fuß«, sagte Henri.
»Ach, wirklich?«, fragte Anuk und sah gleich einmal nach.
»Oh, tatsächlich. Na, macht ja nichts. Du kannst ja drum herumkraulen.«
»Nee, bestimmt nicht«, lachte Henri.
Sie ruhten sich alle noch eine Weile aus und hörten den

Enten am See zu, deren Quaken Flohling den Kindern übersetzte. Es war herrlich.

Gut gelaunt und voller Sonnenwärme im Körper und im Herzen liefen sie am Mittag zurück ins Dorf.

»Das war ein toller Vormittag«, sagte Flohling, als sie sich in der Dorfmitte trennten und jeder nach Hause ging. »Morgen fangen wir mit den ersten Vorbereitungen für das Mittsommerfest an. Ich freue mich auf euch. Tschüs!«

Es war sehr warm, und Flohling legte sich zu Hause in den Garten, wo er bald eindöste. So hörte er zuerst nur im Halbschlaf, wie sein Name gerufen wurde. Irgendwann war er wach und setzte sich auf.

»Hier bin ich!«, rief er. »Was ist denn so eilig?«

»Flo!« Es war Lisbet, die ums Haus herum in den Garten gerannt kam. »Du musst kommen, es ist etwas Furchtbares geschehen.«

Flohling sprang sofort auf. »Ich komme!«

Lisbet lief voraus zur Schule, und als sie die Klasse betraten, herrschte großer Aufruhr. Alle redeten laut durcheinander. Henri lief hektisch um seinen selbst gebauten Käfig herum.

»Ich habe das Türchen aufgelassen!«, rief er verzweifelt. »Warum habe ich denn das Türchen aufgelassen? Jetzt sind alle Schmetterlinge weggeflogen! Oder seht ihr noch einen?«

Flohling entdeckte das weit geöffnete Fenster – die Schmet-

terlinge waren offenbar schon hinausgeflattert. Oje! Er runzelte besorgt die Stirn, als er beobachtete, wie Lisbet vergeblich versuchte, Henri zu beruhigen.
Da zupfte Stina ihn am Ärmel. Ihr Gesicht war nass von Tränen, die immer weiter über ihre Wangen liefen.
»Stina, du bist ja auch hier!«, rief Flohling erstaunt. »Wie geht es deinem Ohr?«
Stina schluchzte auf. »Gut, das tut nicht mehr weh. Etwas viel Schlimmeres ist passiert: Die kleinen Littelkinder haben alle Kräuter aus meinem Beet gerupft, es ist alles weg! Ich hätte besser aufpassen müssen, ich ... ich ...«
Flohling nahm sie in den Arm und sah Hilfe suchend zu Lisbet. Was war hier nur los?
»Aber vielleicht kannst du sie noch trocknen? Ihr wolltet sie doch sowieso ernten«, versuchte er zu helfen.
Stina schüttelte wild den Kopf. »Sie haben Kochen gespielt und alle Kräuter kaputt gemacht und Wassersuppe daraus gekocht.« Sie setzte sich an einen Tisch, legte den Kopf auf die Arme und weinte.
Hilflos starrte Flohling sie an, und ein dicker Kloß bildete sich in seinem Hals. Rasch sah er sich um. Wo waren Krümel und Anuk?
Anuk saß auf dem Boden an

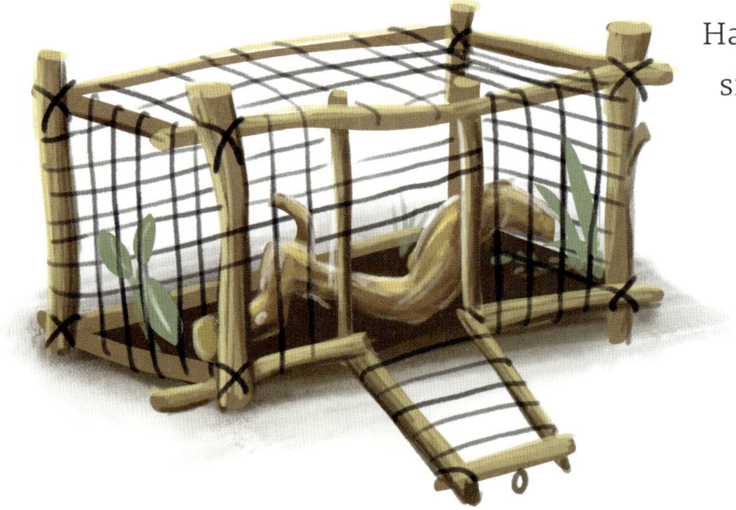

der Wand. Sie hatte das Kinn auf die verschränkten Arme gelegt und starrte mit versteinertem Gesicht in die Luft. Flohling lief zu ihr und kniete sich hin.
»Anuk, der Eule ist nichts passiert, oder?«, fragte er.
Anuk seufzte tief. »Nein, vermutlich nicht«, sagte sie tonlos. »Aber sie ist weg. Einfach weggeflogen. Dabei waren wir Freunde. Sie hat nicht mal gewartet, um sich zu verabschieden. Sie ist einfach weg. Ich habe mich nicht genug gekümmert.«
Flohling spürte, wie der Kloß in seinem Hals immer dicker wurde. »Anuk, ich hatte dir doch gesagt ...«
Das Littelmädchen sprang auf. »Ich weiß!«, rief sie wütend. »Sie ist ein wildes Tier, und sie gehört in den Wald. Ich weiß das! Aber gemein ist es trotzdem!« Zornig stampfte sie aus dem Raum.
Auch Henri war inzwischen hinausgerannt. Nur Krümel stand noch in einer Ecke. Er flüsterte: »Bei mir ist nichts kaputt. Jetzt sind sicher alle wütend auf mich, und ich kann mich gar nicht mehr über meine Regenwürmer freuen.« Betrübt stapfte er aus der Ecke und schlich aus dem Klassenzimmer.
Lisbet und Flohling standen sich eine Weile schweigend gegenüber.
»Oh, oh«, murmelte Flohling schließlich und rieb sich besorgt die Stirn.
»Was nun?«, fragte Lisbet ratlos.
»Ich habe nicht den winzigsten Hauch einer Idee«, meinte

Flohling. Betrübt sah er auf den leeren Schmetterlingskäfig. »Lass uns erst mal in die Tierstube gehen. Ich will nachsehen, ob Elsie wirklich fort ist.«

Lisbet griff nach Flohlings Hand, während sie durch das Dorf gingen. Beide hatten sie kalte Finger, so als hätte die Traurigkeit der Kinder ihnen alle Wärme genommen.

Als sie die Tür zur Tierstube öffneten, sah Flohling sofort, dass Elsie tatsächlich nicht mehr da war. Ihre Fensternische lag leer vor ihnen. Doch was raschelte da neben dem Eichhörnchenkäfig?

»Anuk!«, rief Flohling. »Was machst du hier?«

Anuk sah ihn betrübt an. »Ich bin nicht allein, wir haben uns alle unter den Apfelbaum hinter der Mühle gehockt«, sagte sie.

»Sehr gut«, fand Lisbet. »Dann setzen wir uns jetzt zu euch und reden ein bisschen. Vielleicht können wir euch trösten.«

»Ich glaube, das wird nicht klappen«, meinte Anuk und deutete auf den Korb des alten Eichhörnchens. »Ich hatte so ein Gefühl und habe nach Igor gesehen ... Er ist gestorben.«

Flohling beugte sich zum Korb hinunter und legte eine Hand auf den weichen Eichhörnchenrücken. Igor atmete nicht mehr. Flohling seufzte sehr tief.

»Wir müssen es den anderen sagen«, fand Anuk und stand auf.

Flohling sah sie an. »Vielleicht lieber erst morgen ...?«

»Nein, sofort«, sagte Anuk entschieden und lief zur Hintertür hinaus.

Flohling schaute Lisbet unglücklich an, die genauso unglücklich zurückblickte. Was konnten sie nur tun? Sie folgten Anuk nach draußen, und dort stürmten auch schon Henri, Krümel und Stina auf sie zu.

Henri hatte erschrocken die Augen aufgerissen »Stimmt das? Das geht doch nicht! Anuk hat gesagt, es geht ihm gut. So oft hat sie das gesagt!«

Anuk blieb ruhig. »Ja, aber ich habe auch jedes Mal gesagt, dass er schwächer wird. Er hatte keine Schmerzen, es ging ihm gut.«

Stina hielt sich die Ohren zu. »Ich will das gar nicht hören. Ich will nicht, dass er tot ist.« Sie schluchzte und rannte davon.

Flohling sah ihr bestürzt hinterher.

»Das ist gemein«, japste Henri. »Er war so nett, ich habe ihn gemocht. Ihr habt euch doch gut gekümmert. Der soll nicht tot sein!« Auch er drehte sich um und lief nach Hause.

Krümel folgte ihm brummend: »Nein, das soll er nicht. Das darf er gar nicht.«

Nun stand nur noch Anuk vor ihnen. »Soll ich dableiben?«, fragte sie.

»Nein, ich kümmere mich um Igor«, sagte Flohling und legte ihr die Hand auf den Rücken. »Ich werde ihn beerdigen. Geh nach Hause, Anuk. Danke für deine Hilfe.«

Anuk nickte und ging langsam davon.
»Das ist meine Schuld«, sagte Flohling. »Ich hätte ihnen noch einmal sagen müssen, dass er sterben wird.«
Lisbet zog bedauernd die Nase kraus. »Das wussten sie, Flo. Nur jetzt, wo sie es erleben, muss auch das Herz es begreifen. Und das ist schwierig und tut weh.«
Flohling seufzte. »Oje, die Armen. Was können wir tun?«
»Ich glaube, da trösten am besten ihre Eltern«, meinte sie.
»Das hört sich richtig an«, sagte Flohling. Aber es *fühlte* sich ganz und gar nicht richtig an. Flohling war elend zumute. Hätte er das alles ahnen müssen? Er hätte bestimmt mehr mit den Kindern sprechen müssen. Er hätte ... Flo seufzte. Vielleicht war er doch kein guter Lehrer.

War alles falsch?

Die Eltern der Schulkinder schienen sich ausgiebig zu kümmern, denn bis zum Abendbrot hörten Flohling und Lisbet nichts von den Kindern.

Flohling hatte Lisbet zum Abendessen eingeladen, damit sie gemeinsam mit seinen Eltern über den Tag sprechen konnten. Sie hatten kaum angefangen zu essen, da klopfte es donnernd an die Tür. Arve stand auf und öffnete.

»Arve, wo ist dein Sohn?«, fragte Henris Vater ungeduldig.

»Guten Abend, Molo. Wir essen gerade zusammen. Was gibt es denn?«, entgegnete Arve.

»Die Kinder sind vollkommen durcheinander. Ich muss ihm etwas sagen«, schmetterte Molo laut.

Da drängte sich Elsa neben ihn. »Stina liegt seit zwei Stunden im Bett und schluchzt. Ich kann sie gar nicht beruhigen. So geht das einfach nicht. Flohling und Lisbet können die Kinder nicht solche Erfahrungen machen lassen. Dazu sind sie viel zu jung!«

»Was für Erfahrungen?«, fragte Arve verwirrt, denn Flohling hatte ihm noch nichts erzählen können.

»Er lässt Tiere sterben, damit die Kinder etwas lernen«, ertönte eine Stimme von draußen. Das war Henris Mutter.

»Das stimmt nicht!«, rief Flohling entsetzt und sprang auf.

»Es war auch viel zu viel für den armen Henri, dass er al-

lein für die Schmetterlinge sorgen musste. Jetzt sind sie tot, und er fühlt sich furchtbar.«

Flohling sah Lisbet verwirrt an. »Aber … die Schmetterlinge sind nicht tot«, sagte er.

»Und Stinas Kräuter? *Die* sind tot!«, rief Elsa.

Nun stand auch Lisbet auf. »Kräuter sterben doch nicht«, sagte sie. »Da haben die Kinder vielleicht ein paar Dinge verdreht, weil sie durcheinander sind. Sie …«

Henris Mutter unterbrach sie. »Ach so, jetzt sind die Kinder daran schuld?«, rief sie empört.

»Aber nein, ich … es … ich wollte sagen …« Lisbet verstummte.

Elsa war immer noch wütend. »Stina selbst war auch in Gefahr, die Wunde am Ohr ist noch nicht verheilt!«, rief sie aufgebracht.

»Einen Moment, bitte.« Arve hob beschwichtigend die Hände. Flohlings Mutter stellte sich neben ihn.

»Jetzt kommt erst einmal herein und setzt euch«, sagte sie. »Und dann erzählen Flohling und Lisbet, was geschehen ist.«

Die Eltern kamen herein und hörten tatsächlich geduldig zu, was Flohling und Lisbet zu berichten hatten. Doch es beruhigte sie nicht wirklich.
»Ich verstehe, dass es keine Absicht war«, meinte Elsa schließlich. »Ihr hattet nur Gutes im Sinn. Aber es ist nicht richtig, so jungen Kindern solche Aufgaben zu geben. Wir haben euch gesagt, dass sie wenig können. Sie sind wie Babys, man darf sie nichts allein machen lassen.« Elsa atmete tief durch. »Ich denke, Stina wird eure Schule nicht mehr besuchen. Ich habe Angst, dass sie sich noch einmal verletzt, es ist mir zu gefährlich für sie im Wald.«
Henris Vater stimmte ihr zu: »Ja, Henri wird ebenfalls nicht mehr kommen. Er hat sein Projekt nicht geschafft, jetzt ist er traurig. Das macht sein Herz unnötig schwer. Das muss doch alles nicht sein, mein Kind soll beschützt aufwachsen.«
Die Eltern von Anuk und Krümel waren derselben Meinung. Bevor Flohling noch etwas dazu sagen konnte, verabschiedeten sie sich, und einen Augenblick später war es still im Haus.
»Nehmt euch das nicht so sehr zu Herzen«, sagte Sara sanft. »Eltern sorgen sich immer um ihre Kinder. Ihr gebt euch große Mühe und …«
»Die glauben, dass ihre Kinder schuld sind an den vergeigten Projekten«, sagte Flohling. »Das stimmt aber nicht, das waren nur dumme Zufälle.«
Arve rieb sich den Nacken. »Na ja, die Käfigtür auflassen …

oder die Eule als Haustier betrachten ... da haben die Kinder schon etwas falsch gemacht, oder?«

Flohling stand auf. »Das hätte uns genauso gut passieren können!«, rief er. »Dir, mir – oder Molo. Papa, du hättest die Eule auch ins Herz geschlossen. Und ich war schon oft ein Tollpatsch und hätte genauso gut das Türchen auflassen können. Die Kinder wollten ihren Eltern mit den Projekten endlich zeigen, was sie alles gelernt haben. Und jetzt ist das Gegenteil eingetreten: Die Eltern denken noch mehr als vorher, dass ihre Kinder nichts können. Das ärgert mich!« Er kniff die Lippen zusammen.

»Setz dich«, bat Sara. »Wir reden in Ruhe darüber.«

»Ich möchte jetzt lieber in mein Zimmer gehen«, sagte Flohling. »Ich leg mich schlafen, und morgen früh wandere ich in den Wald. Ich muss dringend ein bisschen allein sein und über alles nachdenken.«

Sara nickte verständnisvoll, und Arve legte ihm tröstend die Hand auf die Schulter.

»Wenn du mit uns reden möchtest, sind wir da. Das gilt auch für dich, Lisbet«, sagte er.

Lisbet lächelte traurig. »Danke. Ich gehe jetzt nach Hause. Und morgen werde ich ausgiebig in meinem Kräutergarten wühlen, um mich zu beruhigen.« Sie verzog bedauernd das Gesicht. »Wir haben ja vormittags nun nichts mehr vor.«

Flohling warf ihr einen kurzen bedauernden Blick zu, dann gingen sie auseinander.

Die Sonne hatte kaum ihre wärmenden Strahlen ausgestreckt, als Flohling zu früher Morgenstunde leise die Haustür schloss, um seine Eltern nicht zu wecken. Auf Zehenspitzen hatte er sich angezogen, den Rucksack gepackt und seine Stiefel mitgenommen, die er nun auf einem Stein hockend anzog.
Flohling stand auf und atmete tief ein. Die kühle Morgenluft tat gut. Sie krabbelte ihm bis in die Zehen und in die Fingerspitzen. Entschlossen stapfte er los in den Wald. Er ging mit schnellen Schritten. Und genauso schnell brausten die Gedanken durch seinen Kopf und die Gefühle

durch seine Brust. Er dachte an seine Tierstube, die zurzeit leer war, und fühlte sich erleichtert, dass ihn dort gerade niemand brauchte. Dann dachte er an Anuks trauriges Gesicht, als sie ihm erzählt hatte, dass Elsie fort war. Sein Herz zog sich zusammen. Dann fiel ihm Igor ein, und er war beruhigt, dass das Eichhörnchen so eine angenehme Zeit in der Tierstube haben durfte. Danach wurde er wieder traurig, weil er an Henri und die Schmetterlinge dachte. Zwischendurch war er auch wütend, weil es nicht fair war, was die Eltern gesagt hatten. Flo und Lisbet hatten die Kinder nicht in Gefahr gebracht!
Das viele Denken und Fühlen war so anstrengend, dass Flohling sich irgendwann erschöpft am Wegesrand vor

einen Baumstamm plumpsen ließ. »Ich kann nicht mehr«, flüsterte er und schloss die Augen.

Als er sie kurz darauf wieder öffnete, sahen ihn zwei dunkle Augen besorgt an.

»Bissu krank?«

Es war Muki!

Flohling freute sich so sehr, ihn zu sehen, dass er seine Arme um ihn schlang und ihn fest an sich drückte. Muki hielt kurz still, dann zappelte er.

»Jajajaja, isses schön, aber nun schön genug!«, murmelte er dumpf unter den Armen hervor.

Flohling lachte befreit auf. »Wie gut, dass du mich gefunden hast«, sagte er. »Ich bin so glücklich, dich zu sehen.«
Muki legte den Kopf schief. »Ja, warich viel nicht da letzte Zeit«, sagte er. »Hassu schlecht auf dich aufgepasst. Mussich wieder mehr aufpassen.«
Flohling schmunzelte. »Das ist bestimmt besser«, sagte er.
»Warum rennsu durch den Wald?«, wollte Muki wissen.
Flohling schnaufte. »Ach, es passiert gerade so viel, und das, was passiert, ist ganz anders, als ich es wollte, und es passiert trotzdem«, jammerte er.
Muki zog die kleine Nase kraus. »Kapier ich gar nix«, sagte er. »Redest du zu viel. Mussu nur schauen. Tiere anschauen, das macht glücklich. Schau, da ist schon eins!« Er verschwand von Flohlings Schoß und tauchte kurz darauf hinter einem Strauch wieder hervor. Dabei hielt er die Pfötchen in die Seiten gestemmt und tanzte wild hin und her. »Isdas ein Tanztier«, keuchte er. Er hüpfte und drehte sich so geschwind, dass er mit den Flügeln die Balance halten musste. Sein Schwänzchen wedelte um ihn herum. Nach einer Weile plumpste er erschöpft auf Flohlings Schoß. »Mussu jetzt andere Tiere anschauen«, japste er. »Binich schlappidischlapp.«
»Danke«, flüsterte Flohling und streichelte das Muski. Wie lieb von ihm, dass es ihn trösten wollte! Dann besann er sich auf Mukis Rat und sah einfach in die Bäume. Die Blätter bewegten sich raschelnd im Wind, die Sonne blinzelte durch die Baumkronen. Vögel zwitscherten, Waldbienen

summten. Ein Käfer erklomm tapfer Flohlings Hosenbein, nur um auf der anderen Seite wieder hinunterzukrabbeln. Oh ja, es gab so viel zu sehen im Littelwald!
Während Flohling die Ruhe des Waldes auf sich wirken ließ, kehrte auch Ruhe in seinem Herzen ein. Und als er schließlich wieder einen Gedanken dachte, war dieser gar nicht mehr so riesig und schwer. Es war einfach nur ein Gedanke. Und nach und nach ordnete sich das Durcheinander in seinem Kopf. Nein, er und Lisbet hatten nichts falsch gemacht. Manche Dinge geschahen einfach, und man konnte sie nicht verhindern.
Flohling fühlte sich besser. Er lächelte, als ihm einfiel, was er als Nächstes tun wollte: Opa Onno besuchen. Dass er daran nicht vorher gedacht hatte! Wenn jemand alles über die wichtigen Dinge des Lebens wusste, dann Opa.
Flohling weckte Muki, der sich in seinem Arm zusammengerollt hatte und eingeschlafen war. Das Muski wollte nicht mit zurück ins Dorf.
»Mussich noch was erledigen«, sagte er. »Isdas wichtig. Bin ich ein wichtiges Muski.« Er grinste und verschwand flügelschlagend in den Zweigen.
Flohling zuckte mit den Schultern und wanderte allein nach Hause. Dabei sang er ein Lied vor sich hin, das die Schulkinder ihm beigebracht hatten.

»Ich mag es, wenn die Sonne lacht
und wenn der Regen Tropfentöne macht,
ich seh so gern die Wolken flitzen
und die Vögel in den Ästen sitzen.
Mach die Augen auf, denn die Welt ist wunderschön,
mach die Augen auf, dann kannst du so viel sehn.
Spitz die Ohren gut, denn die Welt klingt wunderbar,
Spitz die Ohren gut, dann hörst du es so klar.«

Flohling fühlte sich viel besser. Das Singen machte ihn fröhlich und gab ihm Mut. Es würde schon alles gut werden!

Gut, dass es Opa gibt

Opa Onno hatte auf ihn gewartet. Sein Tisch war für zwei Littel gedeckt und liebevoll mit Blumen geschmückt.
»Da bist du ja«, sagte er, als Flohling hereinkam. »Ich habe schon großen Hunger. Es gibt Möhrenstampf mit Kartoffelecken.«
»Woher wusstest du, dass ich komme?«, fragte Flohling verblüfft.
Opa lächelte. »Deine Eltern haben mir gesagt, dass du im Wald nachdenkst. Da dachte ich mir, du erzählst mir danach gewiss, was du herausgefunden hast.« Opa griff nach Flohlings Teller und häufte ihm einen großen orange leuchtenden Berg Möhrenstampf darauf. Daneben legte er viele knusprige Kartoffelecken. Flohlings Magen knurrte laut. Opa Onno lachte. »Ich höre, es wird Zeit. Komm, setz dich!«
Er füllte auch seinen Teller, dann sah er Flohling neugierig an. »Erzähl mir alles«, bat er.
Flohling nickte. Dann berichtete er ganz genau von den Kindern, den schiefgelaufenen Projekten, den aufgebrachten Eltern, dem verstorbenen Eichhörnchen. Zwischendurch musste er immer wieder eine Pause einlegen, damit das leckere Essen nicht kalt wurde. Opa Onno lauschte geduldig.

Als Flohling alles erzählt hatte, fragte Opa: »Bist du immer noch traurig?«
Flohling schob sich die letzte Kartoffelecke in den Mund. »Nein«, sagte er und schmatzte ein bisschen. »Ich bin mir sicher, dass Lisbet und ich unsere Lehrerarbeit in der Waldschule gut gemacht haben. Wir haben niemanden in Gefahr gebracht.«
Opa Onno lehnte sich zurück und faltete die Hände hinter seinem Kopf. »Das sehe ich auch so«, sagte er. »Es ist richtig, dass die Eltern ihre Kinder beschützen wollen. Sie können sie nur nicht vor allem beschützen. Tiere sterben, Littel machen Fehler oder verletzen sich, Dinge gehen kaputt. Das alles gehört zum Leben und zum Großwerden dazu. Und alles, was die Kinder erleben, hilft ihnen, diese Erlebnisse zu bewältigen.«

Flohling atmete tief durch. »Du denkst also, dass sie darüber hinwegkommen?«
Opa Onno beugte sich wieder vor und lächelte. »Na sicher. Jedes Littelherz wird mal verletzt. Danach heilt es und ist stärker als zuvor.«
Flohling lehnte sich an ihn und schwieg.
Nach einer Weile reckte er sich. »Ah, das Essen war so lecker, Opa, danke!«, sagt er. »Wollen wir ein bisschen draußen in der Sonne dösen?«
Opa Onno lachte. »Das wollen wir auf jeden Fall!«
Sie räumten gemeinsam ab und wuschen das Geschirr. Dann legten sie sich in Opas Garten ins Gras und dösten vor sich hin.
Irgendwann fragte Opa Onno: »Wann gehen wir eigentlich zu dem Ei?«
Flohling richtete sich abrupt auf. »Das Ei!«, rief er und schlug sich vor die Stirn. »Das habe ich doch glatt vergessen!«

Opa blinzelte mit einem Auge. »Du? Du hast etwas so Spannendes vergessen?«
»Wir müssen jetzt sofort gehen«, sagte Flohling. »Ich muss unbedingt nachsehen.«
Opa Onno schmunzelte. »Na, wenn das so ist ... dann will ich mal meine Wanderschuhe holen.«

Opa Onno holte auch noch seinen Rucksack und stellte Trinkflaschen hinein, außerdem nahm er ein paar Nüsse zum Knabbern mit. »Der Weg ist weit«, murmelte er.
Das war er wirklich. Doch Flohling und Opa genossen die lange Wanderung durch den Wald. Mit fröhlichen Schritten liefen sie flott dahin, während ein zarter Sommerwind ihnen übers Ohrenfell wuschelte.
»Hmm, hier riecht es gut«, sagte Opa ab und zu.
Flohling sagte hin und wieder: »Da!«, und deutete auf kleine Tiere, die durchs Grün huschten.
Ansonsten sprachen sie nicht, bis sie am Fluss ankamen. Flohling musste ein bisschen suchen, bis er die Stelle wiederfand. Dann entdeckte er das Ei.
»Es liegt noch da«, flüsterte er, als könne seine Stimme das Wesen darin erschrecken.
Opa Onno blieb staunend stehen. »Das ist wirklich groß«, fand er. »Ich hatte es mir kleiner vorgestellt.«
Flohling hob den Zeigefinger. »Du hast geglaubt, ich übertreibe. Gib's zu.«
Opa lachte. »Ja, ich denke schon.« Er ging auf das Ei zu

und hielt seine Hand vorsichtig an die Schale. »Hm, es ist nicht kalt, aber so richtig warm ist es auch nicht«, sagte er. »Und ob es lebendig ist, kann ich nicht fühlen. Du?«

Flohling legte ebenfalls die Hände an die Schale. »Nein, das kann wohl nur Anuk«, meinte er. Plötzlich lauschte er. »Hörst du das?« Er presste sein Ohr gegen das Ei.

Opa tat es ihm nach, dann schüttelte er den Kopf. »Ich höre nichts.«

»Da ist etwas«, wisperte Flohling. »Das Wesen ... es sagt etwas ...« Er horchte angestrengt.

»Mir ist ... kalt ...«

Flohling sah Opa an. »Oje, das kleine Ding darin friert«, sagte er. »Es braucht also Wärme. Vielleicht ist es doch ein Vogelküken.«

Opa Onno griff sich nachdenklich an den Bart. »Sollen wir es woandershin rollen? Hier ist es überall sehr schattig und zugewuchert.«

»Nein, es ist bestimmt nicht gut für das Tier, wenn wir es viel drehen, und dann noch über spitze Steine und Wurzeln.« Flohling grübelte und zwirbelte seine blonde Locke zwischen den Fingern.

Opa Onno wartete.

»Wir sollten das Ei ans andere Ufer bringen«, entschied Flohling. »Dort stehen kaum Pflanzen, und es ist sonnig. Der warme Sand wäre perfekt.«

»Das geht nicht, die Strömung ist viel zu stark«, meinte Opa. »Auch mit einem Boot wird es schwierig.«

»Wie wäre es mit der alten Hängebrücke?«, fragte Flohling. Opa Onno hob die Augenbrauen. »Meinst du die uralte, zerfledderte Holzbrücke dahinten?« Er zeigte zur Sicherheit mit dem Daumen in die Richtung.

Flohling nickte.

»Auf keinen Fall«, sagte Opa Onno. »Die ist schon seit vielen Jahren baufällig. Ich fürchte, wenn du sie nur betrittst, bricht sie sofort zusammen. Niemand sollte noch darübergehen.«

»Was machen wir dann?«, wollte Flohling wissen.

Sie überlegten gemeinsam, aber ihnen fiel nichts ein.

»Ich muss länger darüber nachdenken«, sagte Flohling. »Hier ist es für das Ei auf Dauer zu kalt.« Er wandte sich erneut zum Ei. »Falls du mich hörst, liebes kleines Wesen«, sagte er, »wir kommen wieder, mach dir keine Sorgen.«

Flohling hörte keine Antwort, vielleicht war das Tier eingeschlafen. Seufzend strich er über die Schale. Ihm musste eine Lösung einfallen. Und zwar bald!

»Opa, jetzt brauche ich ein paar von deinen guten Knabbernüssen«, sagte er. »Damit kann ich besser nachdenken. Und dann trägst du mich am besten zurück ins Dorf.«

»Ich soll dich tragen?«

Flohling nickte. »Ja, dann kann ich bestimmt gut denken.«

Opa lachte. »Also, wenn, dann trägst du mich. Du bist viel jünger.«

»Aber du bist stärker«, meinte Flohling.

So scherzten sie weiter und knabberten ihre Nüsse, während sie langsam heimwanderten.

Flohling war sich sicher, dass sie gemeinsam eine Lösung finden würden. Opa Onno war einfach der Beste!

Das war keine so gute Idee

Flohling konnte nicht mehr schlafen. Sein kleines Fenster war weit geöffnet, und der Duft der Rosenblüten an der Hauswand wehte hinein. Der Himmel war blau mit weißen Tupfen, die Flohling verträumt beobachtete. Es musste sehr früh sein, er hörte keinerlei Geräusche im Dorf. Bald fingen seine Füße an zu zappeln. Er musste einfach aufstehen. Leise zog er sich an und verließ das Haus. Am besten, er schaute erst einmal in der Tierstube vorbei.

Er war erst ein paar Schritte gegangen, da kam Okko um die Ecke.

»Guten Morgen«, sagte er und neigte grüßend ein Ohr nach vorn.

»Hallo«, erwiderte Flohling.

»Na, hast du noch was vergessen?«, fragte Okko.

»Wieso vergessen?«, fragte Flohling verwirrt.

»Na, deine kleinen Schulzwerge laufen doch schon in den Wald. Aber du holst sie sicher wieder ein«, meinte Okko lachend und ging weiter.

Flohlings Herz begann zu klopfen. Die Schulkinder liefen in den Wald? Allein? Sie hatten doch keinen Unterricht mehr in der Waldschule, ob Okko das gar nicht wusste? Flohling überlegte nicht lange. Die Eltern hatten den Kindern sicher nicht erlaubt, allein in den Wald zu gehen. Also waren sie ausgebüxt und mussten zurückgeholt werden. Und es war sicher besser, *er* brachte sie rasch zurück ins Dorf, bevor die Eltern sie suchen und kräftig mit ihnen schimpfen würden.

Flohling rannte zu Lisbet. Ohne zu klopfen, stürmte er ins Haus.

»Guten Morgen, Flo«, sagte Lungo erstaunt. »Du hast es aber eilig!«

»Bitte weck Lisbet auf. Sie soll sich anziehen und alles Nötige für eine Wanderung in zwei Rucksäcke packen, auch Essen und Trinken. Und sie soll sich beeilen, ich komme gleich zurück.«

Bevor Lungo etwas fragen konnte, lief Flohling los. Zuerst rannte er zur Tierstube. Hektisch öffnete er die Tür und sah sich um. Zum Glück war Muki noch da!

»Guten Morgen, Muki«, sagte er. »Es gibt einen Notfall. Die Kinder wandern allein durch den Wald. Bitte, du musst ihnen folgen. Wenn du weißt, wohin sie ungefähr gehen, komm zurück und führe Lisbet und mich, damit wir sie finden können. Schaffst du das?«

Das Muski sprang auf und nickte eifrig. »Schaffich das«, sagte es und flog davon.

Flohling lächelte. Muki war so lieb, wie gut, dass er bei ihm war! Er schloss die Mühlentür und rannte weiter zu Opa Onno. Der saß schon beim Frühstück und hörte schweigend zu, was Flohling erzählte. Dann legte er Flohling die Hand auf die Schulter und sah ihn ernst an.

»Hör zu, Flo. Das ist jetzt dein wichtigster Moment als Lehrer. Die Kinder sind sehr verzweifelt. Du musst sie nicht nur finden, du musst ihnen auch Mut machen, damit sie mit dir zurückgehen.«

Flohling nickte. »Ich hoffe, wir schaffen das«, sagte er.

»Natürlich«, meinte Opa. »Das weiß ich ganz sicher. Ich werde die Eltern informieren und ihnen erklären, wo ihr seid.«

Flohling zog die Nase kraus. »Sie werden bestimmt wütend sein. Und sie werden uns sofort hinterherlaufen und noch mehr mit den Kindern schimpfen.«

Opa Onno reckte seine Schultern. »Nein, ich sage ihnen, dass sie euch in Ruhe lassen sollen und dass sie ihren Kindern vertrauen müssen. Die Kleinen kennen sich inzwischen im Wald aus, ihnen wird also gewiss nichts passieren.« Er überlegte kurz. »Weißt du, Flohling, lass sie den Weg zurück am besten selbst finden, damit sie ihren Eltern zeigen können, was sie gelernt haben. Dann können die Eltern stolz auf sie sein.«

Flohling schwirrte der Kopf. »Gute Idee, das mache ich, Opa.«

»Ich schicke dir Pilfink hinterher«, fuhr sein Opa fort. »Wenn ihr in Gefahr seid, sagst du ihm, er soll zu mir fliegen, dann kommen wir euch zu Hilfe.«

Flohling fiel seinem Opa um den Hals. »Danke«, sagte er und rannte zurück zu Lisbets Haus.

Lisbet stand reisefertig mit ihrem Rucksack vorm Haus. Sie reichte Flohling den zweiten und sah ihn fragend an. »Komm«, sagte Flohling und setzte sich den Rucksack auf den Rücken. »Ich erkläre dir unterwegs alles.«
Sie marschierten schnell los. Lisbet erschrak, als sie hörte, dass die Kinder weggelaufen waren. Doch im nächsten Moment musste sie lächeln. »Es ist zwar nicht schön, dass sie abgehauen sind, aber sie kennen sich gut aus. Ich glaube nicht, dass wir Angst um sie haben müssen.«
Flohling schmunzelte. »Nein, das glaube ich auch nicht. Ich fürchte eher, dass die Eltern sich ziemlich aufregen. Ich hoffe, Opa kann sie beruhigen, damit die Kinder in Ruhe mit uns zurückwandern können.«
Sie waren kaum aus dem Dorf hinausgelaufen, da flatterte Muki ihnen entgegen.
»Sinddie schnell«, sagte er. »Und könnendie gut hören. Nicht so wie früher. Habendie mich fast entdeckt.« Er flog um Flohling und Lisbet herum. »Laufendie jetzt zum Fluss. Führtder Weg nur dahin, wenn die nicht durch die Büsche kriechen.«
Flohling atmete auf. »Das ist super, dann können wir sie nicht mehr verfehlen. Danke, Muki, das war lieb von dir.«
»Habich das gern gemacht«, sagte Muki. »Mussich jetzt aber weg, habich keine Zeit. Müsstihr flotter laufen,

seidihr total lahm.« Mit diesen frechen Worten flatterte er auf und verschwand zwischen den Bäumen.
Lisbet lachte. »Er ist so liebenswürdig wie immer«, meinte sie.
»Stimmt. Komm, lass uns lieber ein bisschen zügiger gehen«, meinte Flohling. »Muki hat vielleicht etwas übertrieben, aber ich möchte die Kinder möglichst schnell einholen.«
Sie gingen eine Weile schweigend hintereinander her, bis Lisbet plötzlich rief:
»Ach, Flo, ich weiß, wo sie hingehen! Sie wollen bestimmt zu dem Ei!«
Flohling nickte. »Ja, das habe ich auch schon gedacht. Sicher wollen sie nachschauen, ob das Wesen geschlüpft ist.«
Lisbet sagte nachdenklich: »Vielleicht sind sie ja gar nicht wütend weggelaufen. Vielleicht wollen sie ihren Eltern

nur beweisen, dass sie so eine Wanderung ganz allein schaffen.«
Flohling sah sie erstaunt an. »Aber warum sagen sie uns dann nicht Bescheid?«
»Weil wir es nicht erlaubt hätten, nachdem die Eltern so aufgebracht waren.«
»Das stimmt.« Flohling schob seine Locke unter die Mütze. »Es passt auch gar nicht mehr zu unseren Kindern, dass sie so einen Unsinn machen. Sie laufen nicht ohne Grund weg.«
Lisbet sah ihn zerknirscht an. »Unsinn ist es trotzdem. Sie hätten jemandem Bescheid sagen müssen.«
»Ja«, seufzte Flohling, »ich weiß.« Er zuckte mit den Schultern. »Na ja, niemand hat behauptet, dass sie nie wieder Fehler machen.«
Es zwitscherte aufgeregt über ihnen. Pilfink hatte sie gefunden.
»Da bist du ja, mein Guter«, sagte Flohling und tippte auf seine Mütze. »Möchtest du ein Stück getragen werden?«
Das wollte der Hausspatz nur zu gern. Flohlings Mütze war sein Lieblingsplatz, und er machte es sich darauf gemütlich.
Die Wanderung zum Ei dauerte lange. Lisbet und Flohling wollten keine Pause machen. Sie hofften, die Kinder dadurch einzuholen. Doch die schienen sich ebenfalls nicht auszuruhen. Als Flohling und Lisbet den Fluss rauschen hörten, konnten sie die Kinder immer noch nicht sehen.

»Puh, jetzt müssten wir sie aber bald entdecken, oder?«, fragte Lisbet und blieb kurz stehen, um einen Schluck Wasser zu trinken.
Auch Flohling nahm einen Schluck aus seiner Flasche.
»Wo genau lag das Ei?«, fragte Lisbet und sah sich suchend um.
Flohling deutete nach links. »Dort drüben. Ob die Kinder das überhaupt noch wissen? Vielleicht suchen sie ganz woanders danach.«
Lisbet blickte zu Boden. »Siehst du Fußspuren?«
Im ersten Moment entdeckten sie nichts, dann fanden sie einzelne Spuren und zertretenes Gras. »Hier entlang«, sagte Flohling.
Die Kinder hatten sich hier offenbar doch durch die Büsche geschlagen, statt den Weg am Fluss entlangzugehen. Dennoch führten die Spuren Flohling und Lisbet zu dem Platz, an dem sie das Ei aus dem Fluss geholt hatten. Es waren jedoch keine Littelkinder dort – und auch kein Ei!
»Wo ist das Ei?«, fragte Lisbet verdutzt.
»Es hat hier gelegen, ich weiß es genau«, antwortete Flohling. »Ich war noch einmal hier. Es muss wieder weggerollt sein. Meinst du, die Kinder suchen es jetzt woanders?« Er spitzte die Ohren. »Kannst du sie hören?«
»Nein.« Lisbet runzelte die Stirn. »Erinnerst du dich an gestern Abend, als wir beide auf der Bank vorm Schulhaus gesessen haben?«

Flohling nickte.
»Du hast mir vom Ei erzählt. Davon, dass es zu kalt ist, und von deiner Idee, es auf die andere Flussseite zu bringen. Wir haben gemeinsam überlegt, wie das gelingen könnte.«
Flohling sah sie ungeduldig an. »Und? Warum ist das jetzt wichtig?«
Lisbet biss aufgeregt auf ihre Unterlippe. »Irgendwann haben wir uns erschreckt, weil Stina plötzlich hinter uns auftauchte, weißt du noch? Vielleicht hat sie alles mit angehört, und die Kinder wollen das Ei retten.«
Flohling blickte zum Fluss. »Oje, die werden doch nicht durch den Fluss waten?« Sie rannten zum Ufer. Auch dort war nichts von den Kindern und dem Ei zu sehen. Da hörten sie Stimmen.
»Schau mal!«, rief Lisbet und wurde ganz blass um die Littelnase. »Sie sind auf der alten Hängebrücke!«
Ein Stück weiter flussabwärts standen die vier Kinder mitten auf der morschen und bedenklich schwankenden Holzbrücke. Und zwischen sich rollten sie das Ei.
»Nein«, flüsterte Flohling entsetzt.
Sie liefen, so schnell sie konnten. Als sie die Brücke erreichten, waren die Kinder weiter vorangekommen, und die Brücke schaukelte heftig.
»Wir müssen zu ihnen«, sagte Flohling.
Die Brücke wurde von dicken Seilen gehalten, die an beiden Uferseiten an mächtigen alten Bäumen befestigt waren.

Flohling und Lisbet krabbelten über die Baumwurzeln und schoben sich unter dem Seil hindurch, das die Brücke hielt.

»Wie zum Kuckuck haben sie das Ei hier raufbekommen?«, stöhnte Flohling, als er sich auf die Brücke hangelte. Lisbet folgte ihm, und sie tasteten sich rasch auf der Brücke voran. Sie waren bereits über dem Wasser, als Lisbet flüsterte: »Flohling, schau nur, die Bretter da vorn.«

Die Holzbohlen in der Mitte der Brücke waren morsch, manche waren zerbrochen und hingen hinab, sodass dort eine Lücke klaffte, durch die sie nach unten sehen konnten. Der Fluss rauschte dröhnend, und spitze Steine

ragten aus dem Wasser. Flohlings Herz klopfte aufgeregt. Er musste große Schritte machen, um über die Löcher zu steigen. Wie hatten die Kinder das nur geschafft? Noch dazu mit dem Ei?

Flohling räusperte sich. »Die Seile sind rissig«, krächzte er besorgt, »halt dich gut fest.«

Flohling und Lisbet hatten allerdings nicht bedacht, dass sie jetzt zusätzlich zu den Kindern und dem Ei noch mehr Gewicht auf die Brücke brachten. Beim nächsten Sprung über ein Loch bebte

die Brücke, schwankte – und dann riss das rechte untere Seil mit einem gewaltigen RATSCH!
Flohling und Lisbet verloren den Halt, sie rutschten ab.
»Aaah!«, schrie Flohling und klammerte sich an das Halteseil. Die Brücke hing nur noch an der linken Seite, die Bretter baumelten einzeln am Seil oder fielen in den Fluss.
Auch Lisbet konnte sich festhalten. Doch sosehr sie versuchten, die Füße irgendwo auf den Brettern abzustützen, es gelang ihnen nicht.
Gleichzeitig schallten Schreie vom anderen Ufer herüber. Flohling blickte ängstlich nach vorn. Die Kinder standen glücklicherweise schon am Baum, aber sie konnten das Ei nicht halten, das nun ein kurzes Stück über einige verbliebene Bohlen rollte und dann in den reißenden Fluss fiel.
»Nein!«, schrie Anuk.
Flohling erstarrte, als er sah, wie das Ei in den rauschenden Fluten versank. Pilfink flatterte panisch um ihn herum. Der kleine Vogel fiepte ängstlich.
In diesem Moment erblickten die Kinder ihre Lehrer.
»Flo, Lisbet!«, riefen sie bestürzt.
»Keine Angst, wir schaffen das!«, schrie Flohling, obwohl er selbst nicht sicher war. »Nicht nach unten sehen!«, rief er Lisbet zu. »Immer eine Hand nach der anderen.«
Stück für Stück hangelten sie sich an dem dicken Seil Richtung Ufer. Unter ihnen strömte das Wasser vorbei, sein dumpfes Gurgeln ließ Flohling erschaudern. Seine Hände taten weh, doch er sah zu den Kindern, und das

machte ihm Mut. »Komm, Lisbet, nur noch ein Stück!«, rief er. »Gleich sind wir da!«
Es fühlte sich an wie eine Ewigkeit, bis sie sich endlich dem Baum näherten. Die Kinder griffen nach ihnen und zogen sie zu sich, erst Flohling, dann Lisbet. Als beide sicher standen, klammerten sich die kleinen Littel zitternd an sie. Auch Flohling und Lisbet bebten am ganzen Körper, ihre Knie wackelten, und ihre Herzen rasten.
»Ich hatte solche Angst«, wimmerte Stina.
»Ist jetzt alles gut?«, schluchzte Henri.
Lisbet und Flohling umarmten die vier und warfen sich dabei einen durchdringenden Blick zu. Das war verflixt gefährlich gewesen!
Plötzlich bemerkte Flohling Pilfink, der immer noch ange-

spannt um ihn herumflatterte und dabei aufgeregt zwitscherte.

»Ach, es tut mir leid, Pilfink, ich habe dich eben nicht gehört, ich habe mich so auf das Klettern konzentriert«, sagte Flohling. »Nein, du musst keine Hilfe holen, uns geht es gut. Wir besprechen jetzt erst mal, wie es weitergeht. Ruh dich aus, lieber Spatz.«

Erschöpft landete Pilfink auf Flos Kopf und schob sich unter seine Mütze. Flo konnte spüren, wie hastig auch sein kleines Herz vor Schreck schlug.

Achtsam kletterten sie über die Wurzeln hinter den Baum und ließen sich entkräftet ins Gras fallen. Nur Anuk lief zum Ufer und sah ins Wasser.

»So viel Angst hatte ich noch nie«, meinte Krümel.

»Meint ihr, das Ei hat den Sturz überstanden?«, fragte Anuk. »Ich kann nicht fühlen, ob das Tier noch lebt.«

Lisbet ging zu ihr. »Fühlen kannst du das sicher nicht durch das Wasser. Vielleicht ist das Ei einfach weggetrieben?«

Plötzlich lief Anuk einige Schritte vorwärts und beugte sich vor.

»Vorsicht, Anuk!«, rief Lisbet.

Das Littelmädchen streckte seinen Arm aus und angelte etwas aus dem Fluss. Anuk sah es eine Weile an, dann drehte sie sich zu den anderen und zeigte ihnen ihre Handfläche. Darin lag ein Stück Eierschale, das bunt glänzte.

Die Kinder sackten in sich zusammen. Henri stöhnte auf.

Anuk ließ den Kopf hängen. Stina vergrub ihr Gesicht in den Händen, und Krümel liefen Tränen über die Wangen.
Alle Mühe war umsonst gewesen.
Das Ei war zerbrochen.

Können wir das schaffen?

Lange saßen die Littelkinder am Fluss. Eng aneinandergerückt ließen sie die Zeit verstreichen. Erst eine ganze Weile später räusperte Flohling sich. »Es ist bald Mittag, wir sollten etwas essen und dabei überlegen, wie wir zurück nach Hause kommen«, sagte er.

Auch die Kinder hatten Proviant dabei, und alle merkten, dass sie großen Hunger hatten.

»Über die Brücke laufe ich nicht wieder«, sagte Henri.

»Das geht ja sowieso nicht mehr«, meinte Anuk. »Wir müssen uns hinüberhangeln.«

»Nein, das ist zu gefährlich«, wandte Lisbet ein. »Und ein Boot haben wir auch nicht.«

»Können wir durchschwimmen?«, fragte Krümel.

»Oder uns mit einem Seil aneinanderbinden?«

»Oder einen Damm bauen?«

Die Kinder hatten tolle Vorschläge, die aber alle nicht durchführbar waren, weil der Fluss einfach zu gefährlich war.

Schließlich beschloss Flohling: »Wir finden keine Lösung. Ich werde Pilfink losschicken, damit wir Hilfe aus dem Dorf bekommen.«

»Nein!«, rief Krümel laut.
Die anderen Kinder schüttelten ebenfalls entschlossen die Köpfe.
»Wir wollten unseren Eltern zeigen, dass wir viel gelernt haben und dem Ei helfen können«, erklärte Krümel. »Wenn sie uns jetzt retten, glauben sie niemals, dass wir etwas können. Das mit dem Ei ist schon schiefgegangen. Wenigstens den Rückweg müssen wir allein schaffen.«
»Wir wussten, dass es ein bisschen leichtsinnig ist, über die Brücke zu gehen. Aber wir dachten, es klappt schon irgendwie. Und wenn wir das Ei retten würden, wären alle stolz auf uns«, sagte Stina.
»Ja, das mit der Brücke war dumm«, sagte Krümel kleinlaut. Auch die anderen ließen die Köpfe hängen.
»Ähm ...« Lisbet biss auf ihre Lippe und wurde rot. »Also, das war wirklich unvernünftig, die Brücke zu betreten«, sagte sie. »Doch es wäre vielleicht nichts passiert, wenn Flohling und ich nicht hinterhergerannt wären. Wir haben die Brücke noch mehr belastet und zum Schwingen gebracht. Also haben wir auch etwas ziemlich Dummes getan, ohne vorher nachzudenken.«
Krümel sah sie erstaunt an. Dann begann er zu kichern. »Ja, ihr seid genauso dumm wie wir.« Henri fiel ein, und bald lachten alle mit.
Flohling seufzte. Das Lachen hatte gutgetan. »Also, dann denken eure Eltern nun von uns allen, dass wir nicht sehr schlau sind«, fasste er zusammen.

»Es sei denn, wir finden ohne Hilfe nach Hause«, meinte Anuk.
Die Kinder sahen Flohling und Lisbet bittend an.
»Also schön«, meinte Lisbet. »Aber wir wissen ja gar nicht, wie wir den Weg zurück finden.«
»Wir sollten flussaufwärts wandern«, meinte Krümel. »Je näher wir an die Quelle kommen, desto schmaler wird der Fluss. Irgendwann können wir sicher hindurchwaten.«
Alle waren einverstanden. Flohling wusste zwar, dass der Fluss noch sehr lange breit und reißend blieb, doch er hoffte, dass ihnen unterwegs etwas anderes einfallen würde.
Hoffnungsvoll machten sie sich auf den Weg.

Sie waren noch nicht weit gekommen, da frischte der Wind auf, und am Himmel türmten sich Wolken auf.
»Du liebes Veilchen, wie schnell es dunkel wird«, sagte Lisbet. »Mir ist richtig kalt.« Sie sah nach oben. »Oje, Flohling, schau mal hinter uns.«
Am Himmel zogen nun lila-schwarze Wolken aus dem Norden heran. Die Littel konnten beinahe zusehen, wie er sich verfinsterte.
»Das ist nicht gut«, murmelte Flohling. »Das gibt ein kräftiges Gewitter.« Er kratzte sich am Kinn. »Ich hätte das früher bemerken müssen. Verflixt, wie konnte das nur passieren ... wir können hier nicht bleiben. Es wird blitzen und außerdem furchtbar regnen.«

»Wir kennen uns auf dieser Flussseite nicht aus!«, rief Lisbet aufgeregt. »Das hier gehört nicht mehr zum Littelwald. Was sollen wir nur machen?«
Flohling war ebenso nervös. »Ich weiß nicht«, zischte er. »Lass mich doch mal kurz überlegen.« Ihm wurde ganz übel vor Aufregung. Nun brachten sie die Littelkinder schon wieder in Gefahr.
Da sagte Anuk: »So aufgeregt kann man doch gar nicht nachdenken.«
Lisbet und Flohling sahen sie überrascht an.
»Ihr wisst doch«, sagte Henri, »in Ruhe überlegen. So habt ihr es uns beigebracht.«
»Ja, aber …« Flohling warf Lisbet einen nervösen Blick zu. Er hatte absolut keine Idee für eine gute Lösung. Sollte er Pilfink losschicken? Allein durchs Gewitter? Das konnte er nicht zulassen!
»Mir ist da etwas eingefallen«, verkündete Anuk. »Meine Eltern haben mir einmal von einer Felsenhöhle jenseits des Flusses erzählt. Sie soll groß sein, dort sind wir vor den Blitzen und dem Regen sicher. Sie ist auf der Karte ganz in der Nähe eingezeichnet gewesen, das habe ich gestern gesehen.«
»Du hast dir Karten angesehen?«, fragte Lisbet erstaunt.
»Natürlich«, sagte Anuk. »Wir bereiten uns doch vor, bevor wir loswandern.«
Die beiden großen Littel schämten sich. Sie hatten nicht nachgeschaut. Diese Kinder waren wirklich clever!

»Ich habe die Karte mit, schaut mal.« Anuk kramte im Rucksack und holte ein Stück Papier hervor, auf das sie die Karte abgezeichnet hatte. Alle folgten gespannt ihrem Finger, der den Weg vom Dorf zum Fluss nachzeichnete und dann weiter Richtung Felsenhöhle fuhr.

»Das kann nicht weit sein«, sagte sie. »Wir sollten jetzt loslaufen.«

In diesem Moment donnerte es krachend. Die kleinen Littel zuckten zusammen, und auch Lisbet und Flohling erschraken.

»Huh, das habe ich bis in die Zehen gespürt«, sagte Flohling. »Lasst uns schnell gehen.«

Anuk hielt die Karte fest in der Hand, und dann liefen sie los.

Flohling war zwar schon einmal in der Höhle gewesen, doch er erinnerte sich nicht an den Weg, daher folgte er Anuk, die entschlossen voranschritt. Nah beieinander wanderten sie eilig, aber nicht hektisch weiter und achteten gut auf den Boden, um nicht zu stolpern. Über ihnen donnerte es nun rascher hintereinander. Es wurde noch dunkler. Der Wind nahm zu und riss an den Blättern und Zweigen, es wurde immer lauter im Wald. Wie-

der und wieder erhellte sich die Umgebung kurz durch die grellen Blitze, dann verfinsterte sie sich erneut. Beharrlich stapfte die kleine Wandergruppe voran. Irgendwann fielen die ersten Tropfen. Zunächst war es ein sanfter Regen, der nur die Baumkronen beträufelte. Dann brach das Gewitter richtig los. Das Wasser rauschte nur so von den Blättern und stürzte sich auf die Littel. Der Wind scheuchte sie vor sich her, es blitzte und donnerte. Schon bald waren sie vollkommen durchnässt und froren.

»Ist es noch weit?«, rief Krümel schließlich mit matter Stimme.

Anuk hob den Arm und zeigte nach vorn. »Nein. Dort ist die Höhle.«

Vor ihnen erhob sich eine Art Hügel, auf dem dunkle Felswände zu erahnen waren. Alle atmeten auf. Entschlossen nahmen sie das letzte Stück Weg in Angriff, das nun bergauf führte. Sie griffen nach den Stämmen und Ästen der Bäume, um sich hochzuziehen. Der Boden unter ihren Füßen war zunächst rutschig, wurde dann aber fester und steinig. Schließlich standen sie auf der Anhöhe und sahen vor sich einen kleinen Eingang, der direkt in das Dunkel der Höhle führte. Anuk stand kurz still, dann sagte sie: »Wir sind da«, und ging hinein.

Das Abenteuer wird größer

Nach wenigen Schritten blieb sie stehen. Der Lärm des Unwetters blieb draußen, hier war es gleich etwas ruhiger. Doch es war auch stockdunkel.

»Ich kann nicht weitergehen, wir brauchen Licht«, sagte Anuk.

Hastiges Rucksackkramen war zu hören, dann entzündete Henri ein Streichholz. »Krümel, hast du die Lampe?«

»Ja«, sagte Krümel und holte aus seinem Rucksack eine runde Laterne heraus, in der eine Kerze stand, die sie nun anzündeten. »Ich habe noch mehr Kerzen dabei«, sagte er zur Beruhigung.

»Ihr seid unglaublich«, staunte Lisbet beeindruckt.

Gleich wurde es heller, und sie konnten sich umsehen. Hinter dem schmalen Eingang befand sich eine kleine Höhle.

»Ich erinnere mich, es geht dort vorn weiter«, sagte Flohling. »Wir müssen einen langen Gang entlanggehen, das ist nicht so angenehm, weil er ziemlich eng ist. Doch dann kommt eine große Höhle, in der wir gut warten können, bis das Unwetter vorüber ist. Diesmal gehe ich vor.«

Die Kinder waren einverstanden, aber auch sehr aufgeregt. Die Gewitterwanderung im Dunkeln war schon gruselig genug gewesen. Durch einen unbekannten düsteren Gang zu gehen, war nun wirklich schauderhaft.

Einer nach dem anderen stolperten sie Flohling hinterher. Der Boden war trocken, aber der Gang führte leicht bergab, daher rutschte immer wieder jemand aus und musste sich an den Felswänden abstützen. Krümel und Henri hielten die Laternen fest, deren Licht gespenstisch an den Wänden flackerte. Der Weg war lang, er schien kein Ende zu nehmen. Nach einer sehr langen Zeit sagte Flohling endlich: »Gleich sind wir da.«

Die Höhle, in die sie nun traten, war enorm groß. Die Kinder und Lisbet staunten mit offenen Mündern.

»Hier passt unsere ganze Schule hinein!«, rief Henri. Seine Stimme schallte als Echo von den Wänden zurück, und die anderen zuckten erschrocken zusammen. »Oh, Entschuldigung«, sagte er leise. Diesmal kam zum Glück kein Echo.

Die Höhle bestand aus Stein. Wie ein rundes Dach spannte sich die Felsdecke über ihre Köpfe. Die Wände waren zerklüftet, und hinter den vorstehenden Felskanten entstanden durch das Kerzenlicht unheimliche Schatten.

»Hier sind wir bestimmt geschützter als draußen im Gewitter«, meinte Stina. »Aber es ist viel gruseliger.«

Lisbet legte ihr den Arm um die Schultern. »Wir sind ja zusammen«, beruhigte sie das Littelmädchen. »Na los, wir machen es uns gemütlich.«

Das war nicht leicht. Alle waren zappelig, der Boden war hart und uneben. Sie setzten sich eng zusammen.

»So, jetzt essen wir erst mal etwas«, sagte Flohling und klang dabei so unbekümmert, dass die Angst allmählich von den anderen abfiel.

Bald knabberten sie geröstete Nüsse und Knusperlinge, Möhren und Rote-Beete-Chips und plapperten und lachten dazu.

»Du, Flo«, fragte Henri. »Wo ist eigentlich Eichhörnchen Igor?«

Flohling sah ihn unsicher an. »Ihr wisst doch, dass er gestorben ist.«

»Ja, das wissen wir«, sagte Henri. »Aber wo ist er denn jetzt?«

»Ich habe ihn hinter der Mühle begraben«, antwortete Flohling.

Henri sah die anderen an. »Ich habe mich gar nicht richtig von ihm verabschiedet, und die anderen auch nicht. Können wir eine kleine Feier für Igor machen und dabei zusammen an ihn denken?«

Flohling wurde ganz warm im Bauch. »Das ist eine wunderbare Idee«, fand er. »Was meinst du, Lisbet?«

»Ja, das machen wir unbedingt, wenn wir zu Hause sind.« Sie sah Henri liebevoll an. »Bist du noch sehr traurig wegen der Schmetterlinge?«

Henri zuckte mit den Schultern.

»Es geht«, meinte er. »Den Schmetterlingen geht es sicher gut. Es ist nur schade, dass ich sie meinen Eltern nicht zeigen konnte.«

»Und den anderen Litteln«, sagte Stina. »Wir wissen genau, dass die Großen denken, wir wären dumme Babys, die nichts können.«

Die anderen Kinder nickten.

»Deshalb wollten wir ja das Ei retten«, sagte Anuk und seufzte tief. »Gerade haben wir wirklich ein bisschen Pech.«

»Ein bisschen?« Krümel grinste. »Einen ganzen Topf voller Pech haben wir.«
»Nein, einen Eimer voll!«, fand Stina.
»Eine Tonne!«, brüllte Henri.
Sie lachten, und ihr fröhliches Gekicher hallte als Echo von den Felswänden wider.
»Das klingt viel besser als Gewitter«, sagte Lisbet. »Davon höre ich übrigens gar nichts mehr. Vielleicht ist es schon vorbei?« Sofort spitzten alle die Ohren.
Doch als sie still waren und lauschten, hörte man das Prasseln und Donnern. Nicht mehr beängstigend laut, aber noch immer sehr deutlich.
»Es ist noch da«, meinte Lisbet leise.
Flohling wischte sich die Krümel von seinem Pullover. »Das macht nichts. Es wird vorübergehen, so lange sind wir hier in der Höhle sicher.«
Die Littelkinder wurden ganz ruhig und fingen an zu gähnen. Flohling schlug vor, ein bisschen zu dösen. Sie rückten eng aneinander, und bald schlummerten sie ein. Flo lächelte Lisbet zu, die mit ihm wach blieb, und dachte über den aufregenden Tag nach.
Plötzlich richtete er die Ohren auf. Rief da jemand?
»Da bist du ja ... alles ist gut ...«, drangen die Worte in Flohlings Ohr. Er blickte zu Lisbet, die aber nichts zu bemerken schien. Er lauschte noch einmal, doch nun hörte auch er nichts mehr. Flohling schmunzelte. Jetzt bildete er sich schon Stimmen ein.

BONG! RADUM-BUMM!

Ein lautes Grollen weckte die Kinder.

»Was ist das?«, rief Henri.

»Ist das noch das Gewitter?«

»Ich habe Angst!«

Die Littelkinder flüsterten ängstlich durcheinander.

Dann wurde es wieder still.

»Ich sehe mal nach«, sagte Flohling.

»Ich komme mit!«, rief Henri und nahm die Laterne in die Hand.

Flohling nickte. Sie zogen rasch ihre Schuhe an und gingen zurück in den dunklen Gang, durch den sie gekommen waren. Trotz Kerzenlicht war es recht düster, sodass sie kaum drei Schritte voraussehen konnten. Schließlich erreichten sie die Eingangshöhle.

»Reich mir mal die Laterne«, bat Flohling.

Henri hielt sie in die Höhe und wisperte: »Irgendetwas stimmt nicht.«

Vor ihnen lagen Steine und auch Erde.

»Ich glaube ... der Eingang ist verschwunden!«, flüsterte Henri entsetzt.

»Verschüttet«, sagte Flohling. Er ging weiter vor und betrachtete alles genau. »Bleib hinter mir!«, rief er Henri zu. Der Eingang war tatsächlich verschüttet. Vermutlich hatte der viele Regen einen Erdrutsch verursacht, und vom Hügel hatten sich Steine und Erde gelöst, die den Eingang nun versperrten.

»Können wir das wegräumen?«, fragte Henri.
Flohling war sich nicht sicher. »Dort oben dringt ein wenig Licht herein«, sagte er. »Ich tippe mal, dass es draußen wieder etwas heller ist, vermutlich zieht das Gewitter ab. Doch es muss richtig viel Geröll vorm Eingang liegen. Wenn wir von innen anfangen zu räumen, könnte etwas von oben nachrutschen, das ist zu gefährlich.«
Henri seufzte. »Dieses Abenteuer ist viel größer, als wir gedacht haben, was?«
Da musste Flohling grinsen. »Ja, das kann man wohl sagen. Aber weißt du was? Zusammen werden wir eine Lösung finden.«
Er nahm Henris Hand, und sie liefen gemeinsam durch den langen Tunnel zurück zu den anderen.

Der sprechende See

Es dauerte wieder eine ganze Weile, bis Flohling und Henri bei Lisbet und den anderen Kindern in der Höhle ankamen. Sie sprachen ruhig miteinander, doch als sie hörten, was geschehen war, machten sie große Augen.

»Kann uns hier etwas passieren, Flo?«, fragte Anuk.

»Nein«, sagte Flohling mit fester Stimme. »Hier ist es sicher. Wir haben Essen und Trinken und Licht. Hier müssen wir keine Angst haben. Wer sich fürchtet, kann nicht gut denken. Und genau das sollten wir jetzt tun!«

Zusammen überlegten sie, dass das Litteldorf bestimmt irgendwann nach ihnen suchen würde. Sie würden vielleicht noch bis abends warten, aber dann würden sich die großen Littel aufmachen und sie schließlich irgendwann finden, falls sie bis dahin nicht selbst einen Ausweg entdeckt hatten.

»Das ist sehr beruhigend«, fand Lisbet.

Das fanden die Kinder auch.

Pilfink, der auf Flohlings Schultern saß, pickte ihm zart ins Ohr und zwitscherte.

»Das ist nett, aber du kannst nicht zurückfliegen«, sagte Flohling. »Der Eingang ist auch für dich versperrt.«

Da schob der Vogel sich wieder unter Flohlings Mütze, traurig, dass er nicht helfen konnte.

Trotz allen Nachdenkens fanden sie keinen Ausweg, und so saßen sie ziemlich betrübt auf ihren Decken und grübelten. Plötzlich hörten sie einen eigenartigen Ton.
»Ich glaube, der Wind pfeift immer noch um die Ecken«, meinte Henri.
Huuu-huuuu!, tönte es wieder.
»Nein!«, rief Anuk aufgeregt. »Das ist Elsie!« Sie stand auf und sah sich um. »Elsie?«, rief sie laut.
»... lsie ... lsie ... lsie ...«, erklang das Echo.
Etwas flatterte über ihnen. Weit hinten in der Höhle, sie konnten kaum bis dort sehen, war ein Schatten, in dessen Mitte zwei helle Punkte leuchteten.
»Elsie«, flüsterte Anuk begeistert. »Sie will uns helfen.«
Henri stand auch auf. »Ja, denn wenn Elsie hereinkann ...«
»... können wir auch hinaus«, beendete Krümel den Satz.
»Lasst uns schnell unsere Sachen einpacken«, sagte Stina, und sie beeilten sich, alles zusammenzuräumen.
»Vielleicht ist es nur ein Loch in der Decke«, murmelte Lisbet.
»Dann stellen wir uns zu einem Turm übereinander«, sagte Flohling aufmunternd. »Wartet, ich frage nach. Elsie, können wir wirklich hinausklettern, oder ist der Ausgang nur für Vögel?«
Schuh, schuhu-huu, antwortete die Eule und glitt lautlos durch das Loch in der Wand.
Flohling lächelte. »Wir müssen tatsächlich klettern, aber wir können es schaffen.«

Zuversichtlich stapften alle in Elsies Richtung. Doch sie konnten nicht erkennen, wo ein Loch in der Wand war, die Felsvorsprünge sahen alle sehr unzugänglich aus.

»Ich schau mal nach«, sagte Stina plötzlich und begann zu klettern. Achtsam setzte sie ihre Füße auf die Felskanten und krallte sich mit den Fingern in die kleinsten Spalten. Nach und nach hangelte sie sich an den Steinen höher, einmal nach links, dann nach rechts, ein Stück höher, dann wieder herunter. Endlich sagte sie: »Hier ist es. Kommt!«

Das war gar nicht so einfach, denn das Loch in der Felswand lag zwei Littel hoch über ihnen. Aber Stina erklärte allen ganz genau, auf welchen Vorsprung sie treten und wo sie sich festhalten sollten. Kurze Zeit später hatten es alle geschafft.

Das Loch im Felsen führte tatsächlich weiter, es war jedoch kein gerader Gang, durch den man einfach geradeaus laufen konnte. Es schien vielmehr, als wären die Steine hier vor Urzeiten ein Stück auseinandergebrochen und hätten einen krummen, zerklüfteten Spalt geformt. Die Littel mussten vorsichtig klettern, über spitze Felsen steigen, sich ducken und an der Wand festhalten.

»Hoffentlich weiß Elsie, was ein Littel schaffen kann«, murmelte Krümel zweifelnd.

Ächzend tasteten sie sich voran, langsam, damit niemand auf die harten Felsen fiel.

Henri schnupperte. »Es riecht nach Wasser«, sagte er.

»Aber nicht nach Regen. Ob das die Feuchtigkeit zwischen den Steinen ist? Da muss mächtig viel Wasser sein.«

Flohling antwortete nicht. Er konnte kein Wasser riechen, dazu fehlte ihm das Talent.

Nach einer Ewigkeit wurde der Spalt geräumiger.

»Dort wird der Durchgang breiter«, sagte Henri.

Sie liefen tapfer weiter und standen auf einmal in einer Höhle. Doch sie war nicht zu vergleichen mit der Höhle, in der sie das Gewitter abgewartet hatten. Diese Höhle war gigantisch. Nicht sehr hoch, aber unendlich breit und lang. In ihrer dunklen Mitte lag ein tiefschwarzer See. An den Seiten hingen Steine wie Eiszapfen von der Decke – und darunter standen kleine Steintürme mit nassen Spitzen.

»Was ist das?«, hauchte Flohling fasziniert.

»Das sind Stalaktiten und Stalakmiten«, rief Krümel, der sich mit Steinen auskannte.

Flohling reckte den Hals. »Ja, das stimmt«, sagte er. »Ich meinte den See. Ich wusste nicht, dass es hier einen unterirdischen See gibt. Das ist unglaublich schön!«

Lisbet griff beeindruckt nach Flohlings Arm. »Flo, so etwas habe ich noch nie gesehen! Glaubst du, die älteren Littel wissen davon?«

»Ich hab keine Ahnung«, sagte Flohling.

Am Ufer des Sees war der Boden glatt und breit genug, um darauf entlangzuwandern.

Ein zartes Rauschen erklang, und Elsie flog an ihnen vorbei. *Schuhu!*

»Sie sagt ›Hier entlang‹«, übersetzte Flohling.

Sie liefen der Eule hinterher. Das Wasser lag neben ihnen wie ein glatter Spiegel. Dann fiel ein Wassertropfen von der Decke, pitschte hinein und erzeugte immer größer werdende Kreise auf der Oberfläche.

»Wie schön«, flüsterte Anuk.

Da bewegte sich das Wasser stärker, und es stiegen Blasen aus der Tiefe des Sees auf.

Flohling blieb stehen. »Hört ihr das?«, fragte er. »Ich glaube, ein Tier spricht zu mir.« Er lauschte.

»Nein, ich kann es auch hören«, meinte Lisbet. »Das muss ein Littel sein.«

Auch die Kinder vernahmen die tiefe, weich brummende Stimme.

»Vorsichtig, seid vorsichtig«, murmelte sie.

Wieder blubberte die Seeoberfläche.

»Das ist einer der sprechenden Seen der Urzeit«, flüsterte Flohling andächtig. »Davon habe ich tatsächlich in den Büchern gelesen.« Gebannt starrte er auf das Wasser.

»Ich finde das gespenstisch«, wisperte Stina und klammerte sich an Lisbets Hand.

Es brodelte erneut. »Nicht erschrecken, bitte, nicht erschrecken«, erklang die Stimme.

Dann tauchte etwas aus dem See auf. Es war zuerst klein und rund wie ein Ball. Dann stieg es höher und wurde länger und länger, größer und größer. Seine feuchte Haut hatte gelbe und grüne Flecken und schimmerte im Kerzenlicht.

»Kein sprechender See«, krächzte Henri, »sondern ein sprechendes Seeungeheuer.«

Die dunkle Stimme beruhigte sie: »Nein, kein Ungeheuer. Ich bin eine Seeschlange. Ich will euch nichts Böses. Habt keine Angst.« Die Seeschlange drückte sich an die andere Uferseite, so als wollte sie die Littel möglichst wenig erschrecken. »Es tut mir leid, ich weiß, dass ihr euch vor mir fürchtet«, brummte sie. »So ist es schon seit Littelgedenken. Aber ich tue keinem etwas.«

Flohling sah sie freundlich an. »Danke, dass du dich uns zeigst«, sagte er. »Ich habe noch nie ein Tier wie dich gesehen. Du bist wunderhübsch.«

»Danke.« Die Seeschlange lächelte. »Mein Name ist Amanda. Ich vermeide es seit Jahrzehnten, euch Littel zu erschrecken. Doch nun musste ich einfach auftauchen, denn ich habe euch zu danken.«

Die Littelkinder wurden ruhiger, auch sie spürten nun, dass die Seeschlange freundlich war.

»Wofür willst du dich bedanken?«, fragte Krümel.

»Ihr habt meinem Baby geholfen«, sagte sie.

Die Kinder sahen sich an. »Nein, wir haben noch nie eine Seeschlange gesehen«, sagte Anuk.

»Aber ihr habt euch um mein Ei gekümmert. Wir Seeschlangen legen nachts unsere Eier in die Flüsse, denn sie brauchen Wärme und Sonne, die es hier unten in den Seen nicht gibt. Wir müssen dabei hoffen, dass jemand die Eier aus dem Fluss in die Sonne schiebt, das schaffen wir nicht. Das habt ihr getan, und dafür danke ich euch herzlich«, erklärte Amanda den Littelkindern.

»Das war *dein* Ei? Ich … du weißt es vielleicht nicht, aber …« Anuk schaute kurz zu den anderen, dann fuhr sie mutig fort: »Das Ei ist zerbrochen.«

Doch die Seeschlange war keineswegs traurig darüber, sondern lachte blubbernd. »Ja, das ist es. Und herausgeschwommen kam mein Baby.«

Anuk riss die Augen auf. »Das Tier in dem Ei lebt?«

Da blubberte es erneut, diesmal ganz nah vor ihnen am Ufer.

»Huch!«, machte Stina erschrocken.

Ein kleines grünes Gesichtchen mit sehr großen runden Augen blickte aus dem Wasser zu ihnen hoch. »Hallo«, quiekte es fröhlich. »Ich bin das Ei.«

Die Kinder lachten.

»Jetzt bist du kein Ei mehr«, sagte Anuk und kniete sich auf den Boden. »Wie heißt du?«

»Wassili«, sagte das Seeschlangenbaby. »Spielt ihr mit mir?«

Anuk streckte ihren Arm aus und strich dem Baby über das Köpfchen.

Flohling mischte sich jetzt ein. »Ich fürchte, wir sollten so schnell wie möglich nach Hause gehen. Dort wartet man bestimmt schon sehnsüchtig auf uns.«

Amanda hob den Kopf. »Kann ich euch dabei irgendwie behilflich sein?«

Flohling lächelte. »Ich denke nicht. Oder weißt du, wie wir auf die andere Flussseite kommen? Gibt es noch eine Brücke oder einen Damm?«

»Doch, du kannst uns helfen«, widersprach Stina. »Kannst du uns durch den Fluss tragen?«

Die Seeschlange nickte. »Dieser Unterwassersee wird zu einem Fluss, der in den großen Fluss mündet, den ihr meint. Deshalb konnte mein Baby rasch zu mir finden. Wenn ihr euch einfach auf meinen Rücken setzt, bringe ich euch ans andere Ufer.«

»Oh, das wäre wunderbar. Aber das Wasser draußen fließt so schnell, fallen wir da nicht runter?«, fragte Lisbet besorgt.

»Keine Angst«, meinte Amanda, »ich passe auf.« Sie schwamm zu ihnen ans Felsenufer. Ihr Rücken ragte so

weit aus dem Wasser, dass die Littel einer nach dem anderen gut hinaufklettern konnten. Ganz vorn krabbelte Wassili seiner Mama auf den Kopf.
»Jippididuu!«, jubelte er, und Amanda schwamm los.

Lautlos und ohne zu schaukeln glitt die Seeschlange durch das Wasser. Aus dem tiefschwarzen See wurde bald ein schmaler Fluss, an dessen Ende es heller und heller wurde, bis sie endlich aus der Felsenhöhle ins Freie gelangten. Hier bildeten tief hängende Baumzweige und Sträucher wieder einen Tunnel, durch den sie rasch vorankamen.
Die Littelkinder genossen die Reise sichtlich, sie kicherten und staunten unentwegt. Flohling und Lisbet entspannten sich und ließen sich vertrauensvoll tragen.
Schließlich näherten sie sich der Flöde. Die Littel spürten und hörten, dass das Wasser hier stärker strömte. Auch wurden sie von kühlen Wassertropfen nass gespritzt. Doch Amanda brachte sie in aller Seelenruhe durch den rauschenden Fluss. Sie durchquerte ihn nicht von einem Ufer zum anderen, sondern schlängelte sicher in Strömungsrichtung voran, sodass sie nicht einmal ins Schwanken gerieten. Bald gelangten sie auf die Littelwaldseite, und Amanda stoppte an einer seichten Uferstelle.
»Bitte alle absteigen!«, rief sie fröhlich.
Einer nach dem anderen krabbelte vom kühlen Körper der Seeschlange herunter.

»Hab vielen Dank«, sagte Flohling.
Amanda blubberte.
»Ja, danke!«, riefen auch die Kinder, und Anuk streichelte Wassili noch einmal über den kleinen Kopf. »Wir kommen euch bald wieder besuchen«, versprach sie.
Die Seeschlangenmama nickte ihnen zum Abschied zu, dann tauchte sie mit ihrem Baby in den Fluss hinab.

»Das war das Aufregendste, was ich je erlebt habe«, japste Anuk überwältigt. »Das war … ein richtiges Wunder«, fand Henri.
»Meine Mama fällt vor Schreck tot um, wenn ich ihr das erzählte«, sagte Stina kichernd.
Flohling schob die Littel weiter. »Apropos Eltern«, sagte er, »wir müssen jetzt wirklich heimgehen.«

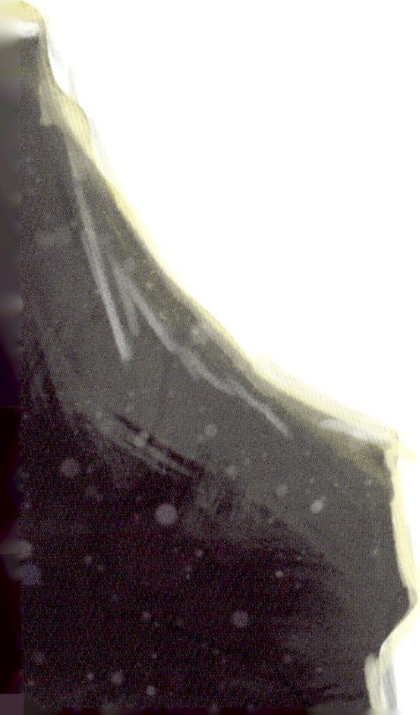

Alle haben Sehnsucht

Amanda hatte sie netterweise ganz in die Nähe der Stelle gebracht, wo sie das Ei gefunden hatten. Sie mussten nur ein kurzes Stück durch dichte Sträucher stapfen, dann waren sie wieder am Waldweg angelangt. Dort, direkt am Ufer, hüpfte etwas Graues mitten zwischen den Ästen und Steinen herum.

»Was ist das?«, fragte Stina.

Das kleine Wesen zeterte und jammerte abwechselnd. Es schien sehr verzweifelt zu sein.

»Das ist Muki«, sagte Flohling. Dann rief er laut: »Muki! Muki, wir sind hier!«

Das Wesen stutzte. Dann flatterte es auf und schoss wie der Blitz in Flohlings Arme.

»Da bissu ja!«, schluchzte es. »Habich dich gesucht, habich dich verloren!

Bissu nicht da gewesen, habich gedacht, du bist untergegangen.« Er schluchzte verzweifelt, und Flohling bemühte sich, ihn mit Streicheln und Kuscheln zu trösten.
»Schsch, ist ja gut«, wisperte er.
Die anderen sahen das Muski mitleidig an.
»Der Arme«, hauchte Anuk.
Als das Muski sich beruhigt hatte, sah es Flohling mit großen Augen an. »Habich nicht gut auf dich aufgepasst«, sagte es. »Machich das besser. Zeigich dir mein Geheimnis.«
Flohling strich ihm über das Fell. »Gern, Muki. Das machen wir zu Hause, ganz in Ruhe, ja?«
Das Muski nickte.

Von hier aus kannten alle den Heimweg. Zwar waren sie müde von den vielen Anstrengungen, aber eine Wanderung heimwärts fühlt sich stets kürzer an als der Hinweg. Die Sehnsucht trug sie zurück ins Litteldorf. Obwohl es bereits dämmerte und es um sie herum immer dunkler wurde, mussten sie noch einmal eine Pause einlegen und etwas essen. Krümel zauberte besondere Kekse aus seinem Rucksack hervor: kleine Herzen mit Zuckerveilchen darauf.
»Die habe ich extra für den Rückweg gebacken«, sagte er. »Sie schmecken nach zu Hause, und wir können uns schon mal darauf freuen.«
Ja, sie freuten sich wirklich sehr. Deshalb blieben sie nicht

lange sitzen, sondern brachen bald wieder auf, jeder mit zwei Keksherzen in der Hand, die sie nach und nach knabberten und die ihre Sehnsucht noch vergrößerten.
Als sie das Dorf endlich erreichten, war es stockfinster geworden. Doch am Wegesrand brannten Fackeln und leuchteten ihnen den Weg. Nun waren die kleinen Littel nicht mehr zu halten, und sie rannten jubelnd voraus.
Lisbet sah Flohling glücklich an. »Das haben wir gut gemacht, Herr Lehrer«, sagte sie.
»Ja, das haben wir ganz fantastisch gemacht, Frau Lehrerin«, antwortete er und lachte. Auch er fühlte sich leicht und glücklich. Hand in Hand liefen sie zwischen den Fackeln hindurch ins Dorf.
Doch am glücklichsten war wohl Pilfink, der kleine Spatz, der über ihnen herflatterte und dessen kleines Vogelherz unendlich erleichtert war, dass er nicht mehr auf alle aufpassen musste.

Der Empfang im Dorf war riesig. Die Eltern der Littelkinder umarmten ihre Kleinen und wollten sie gar nicht mehr loslassen. Auch Flohling und Lisbet wurden von ihren Eltern und Opa Onno begrüßt und kräftig gedrückt.
Dann brüllte Okko: »Beim Höllenfeuer, ihr habt uns eine Teufelsangst eingejagt!« Er stemmte die Hände in die Hüften. »Wo zum Hammer wart ihr?«, rief er dann erleichtert.
Alle mussten lachen.

»Kommt mit zum Dorfplatz, wir haben ein Lagerfeuer vorbereitet«, sagte Grantel und schritt voran.
»Halt!«, rief Flohling.
Grantel stoppte verwundert und drehte sich zu ihm um, genauso wie alle anderen Dorfbewohner.
Flohling zeigte auf Stina, Henri, Anuk und Krümel. »Dass wir schnell, gesund und fröhlich wiedergekommen sind, haben wir diesen vier Litteln zu verdanken«, sagte er laut. »Sicher hätten Lisbet und ich sie auch heil nach Hause gebracht. Aber die Kinder waren perfekt vorbreitet. Sie hatten eine Landkarte dabei, eine Lampe und genug zu essen. Außerdem hatten sie in dem Moment, als Lisbet und ich nicht weiterwussten, die gute Idee, zur Höhle zu wandern.«
»In manchen Situationen haben ihre Talente uns geholfen«, warf Lisbet ein. »Doch meistens war es ihre vernünftige und kluge Art zu denken.«
»Vielleicht haben sie noch vor wenigen Wochen Unsinn gemacht. Aber inzwischen haben sie viel gelernt«, sagte Flohling. Er räusperte sich und lächelte. »Außerdem sind es einfach wundervolle Littelkinder.«
Die vier kleinen Littel rannten auf Lisbet und Flohling zu und umarmten sie. Die Dorfbewohner applaudierten gerührt.
»Eine letzte Sache möchte ich euch Eltern noch sagen«, meinte Flohling. »Bitte hört euren Kindern gut zu und vertraut ihnen in Zukunft.«

»Wir versprechen es!«, rief Molo. Er schnappte sich seinen Sohn und setzte ihn auf seine Schultern.
»Jippididuu!«, rief Henri lachend.
Auch die anderen Eltern nahmen ihre Kinder zwischen sich oder auf die Arme. So gingen sie voran zum Lagerfeuer, und alle anderen folgten ihnen.

Opa Onno eilte an Flohlings Seite und sah ihn streng an. »Warum habt ihr Pilfink nicht geschickt? Die Eltern hätten mich am liebsten überrannt, um euch zu suchen. Ich konnte sie kaum davon abhalten, so viele Sorgen haben sie sich gemacht.«
Flohling legte ihm dankbar die Hand auf den Arm. »Wie hast du es dennoch geschafft?«
»Ich habe gesagt: ›Wenn Flohling sagt, er schickt Pilfink, dann schickt er Pilfink.‹« Opa Onno grinste. »Und dann habe ich sie daran erinnert, was ihre Kleinen schon alles geschafft haben. Aber ich glaube, Henris Papa hat sich vor Angst fast in die Hosen gemacht.«
»Onno, du alter Räuber«, donnerte Molo hinter ihm. »Was erzählst du da für einen Unsinn?«
Opa Onno lachte, und Molo knuffte ihm scherzhaft in die Seite. Dann raunte er Flohling zu: »Ja, wir hatten wirklich Sorgen. Doch rate mal, wer den ganzen Tag am Waldrand stand und zwischen die Bäume gestarrt hat? Und wer euch ein Dutzend Lumini hinterhergeschickt hat, die euch leider vorm Gewitter nicht finden konnten? Dein Opa.«

Flohling schmunzelte und umarmte Opa Onno stürmisch. »Opa, du bist einfach der Beste!«

Trotz des großen Mittsommerfestes, das am nächsten Tag stattfinden würde, blieben alle Littel abends lange beisammen und feierten ein kleines Willkommensfest für ihre tapfere Waldschulklasse. Das Lagerfeuer brannte hell, und überall steckten Fackeln im Boden, die heimelig um sie herumflackerten. Auch die Lumini schwirrten durch die warme Nachtluft. Gebannt lauschten die großen Littel den kleinen und konnten sich kaum satthören an der Geschichte über die wundersamen Seeschlangen.
Als alle spät in der Nacht glücklich und feuergewärmt in Ruhe beieinandersaßen, sagte Lisbet leise zu Flohling: »Es ist fast so, als hätten unsere kleinen Littel heute eine Prüfung bestanden. Bist du zufrieden?«
Flohling sah in die flackernden Flammen. »Sehr«, sagte er. »Die Kinder haben bewiesen, dass sie alles wissen, was sie wissen müssen. Sie waren manchmal sogar ruhiger und klüger als wir zwei. Natürlich werden sie ab und an etwas falsch machen«, er grinste Lisbet dabei an, »wie wir beide. Doch ich brauche wirklich keine Angst mehr um sie oder die Tiere zu haben. Im Gegenteil, die Kinder werden sich immer gut um alle Lebewesen kümmern, da bin ich absolut sicher.«
Lisbet war auch glücklich. »Die Waldschule war richtig toll«, fand sie. »Schade, dass sie schon zu Ende ist. Wir

haben so viel Spaß gehabt. Als die Kinder fast nur aus Büchern lernen konnten, sind sie vertrocknet wie meine Kräuter ohne Wasser. Sie sind richtig mutig geworden, und sie machen so viel ohne Hilfe.« Lisbet stützte sich mit den Ellbogen auf den Knien ab. »Denk nur mal an Anuk. Sie war so ängstlich und verschlossen. Jetzt ist sie mutig und fröhlich. Oder Krümel, der früher nur ein paar Worte sprach und jetzt so viel zu erzählen hat. Henri überlegt inzwischen, bevor er seine tollen Ideen verwirklicht. Und Stina ist so neugierig auf die Welt geworden. Ich bin mächtig stolz auf unsere Waldschulkinder.«

»Ich auch«, sagte Flohling. »Ich hoffe, die Eltern haben den kleinen Abenteurern gut zugehört.«

Auf einmal kletterte Muki auf Flohlings Schoß.

»Mussich dir jetzt mein Geheimnis zeigen«, flüsterte er und nahm Flohlings Hand. Der stand auf und folgte Muki zu einer Bank zwischen den Fackeln, auf der kein Littel saß. Aber etwas anderes saß dort.

»Oh, noch ein Muski«, sagte Flohling überrascht.

Sein Fell war heller als das von Muki, mit einem schwarzen Ohr und einem weißen Punkt am Schwanzende. Es sah sehr niedlich aus.

»Guten Abend«, sagte Flohling freundlich.

Das Muski lächelte schüchtern.

»Hatsie noch bisschen Schiss«, sagte Muki. »Hattich das auch zu Anfang.«

Flohling zog die Augenbrauen hoch. »Sie?«

Muki wurde rot und strahlte über das ganze Gesicht. »Ist sie ein Muskimädchen«, sagte er stolz. »Binich verliebt.« Er setzte sich nah neben das Muski und nahm ihre Hand in seine.

Flohlings Herz floss über vor Glück. »Das freut mich so für euch«, sagte er.

»Heißtsie Viola«, sagte er. »Habich mir den Namen ausgedacht.« Er sah Flohling unsicher an. »Gut?«

Flohling nickte. »Ein schöner Name.«

»Er bedeutet Veilchen«, sagte Lisbet leise, die zu ihnen getreten war und sich nun hinkniete. »Hallo, ich bin Lisbet. Viola ist ein zauberhafter Name.«

»Jaaaa«, hauchten vier dünne Stimmchen hinter ihnen.

Sie sahen sich um. Dort standen die Schulkinder mit großen Augen. Viola rückte näher an Muki heran. Der drückte ihr ein Küsschen auf die Wange.

»Oh, ist das niedlich«, fand Henri.

Muki stand auf. »Isdas genug geguckt. Fliegenwir weg.«

»Kommt ihr morgen zum Mittsommerfest?«, fragte Flohling.

»Kommenwir auf jeden Fall«, sagte Muki und drehte sich zu Viola. »Gibtdas da tolles Knabberzeug, sollstu sehen!«

Sie huschten über die Banklehne hinweg davon.

Flohling und Lisbet winkten ihnen und setzten sich dann wieder an das Feuer, das sie von außen so wunderschön wärmte wie das Glück von innen.

Eine Feier für Igor

Als Flohling am nächsten Morgen zur Bäckerei lief, um Knusperlinge für das Frühstück bei Lisbet zu holen, streichelte ihn der kühle Sommerwind. Seine Littelohren wippten zu den hopsenden Schritten, und er pfiff ein kleines Sommerlied. Mit den Knusperlingen unter dem Arm schlich er um Lisbets Haus in den Garten.

»Guten Morgen!«, rief er so laut, dass Lisbet zusammenzuckte.

»Ach, Flo, da bist du ja schon«, sagte sie. »Ich decke gerade den Tisch.«

Lisbet hatte eine hellblaue Wimpelkette aufgehängt, die sich ebenso im Wind bewegte wie die hellen Bänder, die sie an Stöcke geknotet und in den Boden gesteckt hatte. Der Tisch war mit Deckchen und Blumen geschmückt, und sie hatte einen Kräuterkranz mit bunten Blüten gebunden, der vom Dach hing.

»Das sieht toll aus, Lisbet«, staunte Flohling.

»Danke!« Lisbet freute sich. »Komm, hilf mir!«

Sie holten lauter Leckereien aus der Küche: Schafsjogurt mit Gänseblümchen, Holunderblütenmarmelade, Erdbeermus und Nussmilch, außerdem Lupinenkaffee für

Lisbets Eltern. Bald saßen alle um den Tisch herum und knabberten die frischen Knusperlinge.
»Ach, so ein Frühstück in der Sommerluft ist einfach wunderschön«, seufzte Lungo.
»Das finde ich auch, Papa«, sagte Lisbet. »Was bereiten wir noch für das Fest heute Abend vor?«
Lungo deutete hinter sich. »Wir sind in diesem Jahr für das Licht zuständig. Ich habe Fackeln, Windlichter und Laternen. Und die Lampions können wir in die Bäume hängen, das sieht sicher gut aus.«
»Super«, freute sich Flohling. »Der blaue See wurde angenehm von der Sonne aufgewärmt, wir können sicher spätabends noch baden, das wird fantastisch.«
»Aber zuerst tanzen wir«, sagte Lisbets Mama.
Flohling klappte die Ohren vor seine Augen. »Oje, da bin ich nicht unbedingt der Beste«, meinte er.
Lisbet stupste ihn in die Seite. »Spaß macht es dir trotzdem jedes Jahr.«
»Stimmt«, gab Flohling zu.
Sie ließen sich viel Zeit für ihr Frühstück, denn die Vorbereitungen am See würden erst nach dem Mittagessen beginnen. Doch vorher hatten Lisbet und Flo noch eine große Aufgabe vor sich: die Trauerfeier für das Eichhörnchen Igor. Deshalb gingen sie nach dem Frühstück zur Mühle und bereiteten alles vor.

Kurz vor der Mittagszeit kamen vier kleine Littel in die Mühle, wo Lisbet und Flohling bereits auf sie warteten. Sie führten ihre Besucher nach draußen zum Apfelbaum. Mit großen Augen schauten die Kinder auf den Bereich, den Flohling hinter dem Baum mit Steinen umringt hatte. »Hier ist unser Friedhof für die Tiere, die in der Tierstube sterben«, erklärte Flohling. »Igor war das erste Tier, das bis zuletzt bei mir war. Ich habe ihn begraben, das hier ist sein Grab.« Er zeigte auf einen kleinen Hügel dunkler Erde, hinter den er ein Schild gestellt hatte, auf dem *Igor* stand. Die Kinder betrachteten das braune Erdhäufchen, und Flohling konnte sehen, dass sie nicht nur traurig waren, sondern auch froh, dass es einen so schönen Platz für Igor gab.

»Wollen wir das Littellied für Igor singen?«, fragte Flohling. Lisbet begann, und alle Kinder fielen ein:

»Ich bin ich, und du bist du,
ich geb meinen Teil dazu.
Jeder darf verschieden sein
und ist doch niemals allein.
Zusammen sind wir stark und gut,
jeder weiß, wie wohl das tut.
Ich für dich und du für mich,
das soll sein auf ewiglich.«

Der Gesang verstummte, und es blieb eine Weile still. Dann räusperte Flohling sich.

»Anuk, möchtest du uns noch etwas über Igor erzählen?«

Anuk sah Flohling überrascht an, dann lächelte sie. »Igor war schon sehr schwach, aber er hörte gut zu, wenn ich ihm ein Lied vorsang oder mir für Elsie Geschichten ausdachte. Er hat mir erzählt, dass er ein fröhliches Leben hatte.« Anuk seufzte.

»Wir sind alle traurig, dass Igor nicht mehr von Baum zu Baum springen kann«, sagte Flohling. »Aber wir werden immer wieder an ihn denken.«

Henri schniefte und wischte sich ein paar Tränen mit dem Ärmel ab. Auch Krümel zog die Nase hoch. Stina drückte ihr Gesicht an Lisbets Bauch, die ihr sanft über den Rücken strich.

Dann hob Lisbet einen Korb vom Boden auf. »Ich habe bunte Blüten für Igor gepflückt. Ihr dürft euch welche nehmen und damit seinen Hügel schmücken.«

Die Kinder verzierten sein Grab hübsch bunt. Krümel hatte sogar ein paar Nüsse mitgebracht, die er dazulegte.

»Auf Wiedersehen, Igor«, flüsterte er.

»Das habt ihr schön gemacht«, sagte Flohling. »Und jetzt setzen wir uns

IGOR

alle zusammen an den Tisch und trinken leckere Himbeerschorle und essen Kuchen.«

Henri schniefte noch einmal kräftig, dann sagte er: »Es ist ja schließlich eine Trauer*feier*. Die Trauer haben wir erledigt, jetzt kommt die Feier.«

Da mussten alle lachen und folgten Flohling und Lisbet zum langen Tisch, der auf dem Hof stand. Sie sprachen gemeinsam über Igor, über die andere Tiere und über ihre Erlebnisse im Wald.

»Die Schmetterlinge flattern inzwischen bestimmt fröhlich im Wald umher«, sagte Henri. Er knuffte Krümel, der neben ihm saß, freundlich in die Seite. »Das hat Krümel mir gesagt. Ich finde das jetzt auch richtig gut für sie und bin gar nicht mehr traurig.«

Krümel grinste.

»Elsie ist sicher glücklich, dass sie wieder fliegen kann«, gab Anuk zu. »Ich kann sie ja trotzdem lieb haben, auch wenn sie nicht bei mir ist.«

»Die Kräuter flattern leider nicht«, sagte Stina und musste selbst darüber lachen. »Aber ich pflanze einfach neue. Hilfst du mir dabei, Lisbet?«

Lisbet drückte ihre Hand. »Natürlich, sehr gern.«

Flohling räusperte sich. »Die Projekte sind leider nicht so verlaufen, wie wir es geplant hatten. Es geschieht immer mal wieder etwas, das wir nicht erwarten. Doch wir alle haben uns als Freunde und sind füreinander da.« Er hob sein Glas mit Himbeerschorle und prostete allen zu.

Zum Abschied bedankten sich die kleinen Littelkinder bei Lisbet und Flohling.
»Es ist gut, dass es einen Friedhof für Tiere gibt«, fand Henri. »Nun kann ich hierherkommen und an Igor denken, wenn ich möchte.«
»Ja, es war gut, ihm noch mal Tschüs zu sagen«, sagte Stina. »Jetzt kann ich beim Mittsommerfest richtig fröhlich sein.«

Als die Kinder gegangen waren, räumten Lisbet und Flohling auf.
»Es fühlt sich gut an, dass wir die Feier für Igor gemacht haben«, sagte Lisbet. »Du hast schöne Dinge gesagt. Es hat mich an Madame Leliki erinnert. Sie hat uns auch immer alles gut erklärt.«
Flohling reichte ihr das letzte Stück Kuchen.
»Ich finde es immer noch schade, dass die Waldschule zu Ende ist. Es war toll, Lehrerin zu sein«, sagte sie schmatzend. »Am Anfang dachte ich noch, dass wir das nicht können. Aber inzwischen finde ich, dass wir ziemlich gute Lehrerlittel sind.«
Flohling trank sein Glas leer und grinste. »Das müssen wir unbedingt feiern. Wie gut, dass heute Abend das Mittsommerfest ist.«
»Sicher«, nuschelte Lisbet. Sie hatte sich den restlichen Kuchen ganz in den Mund gesteckt. »Und jetzt lass uns bei den Vorbereitungen helfen.«

Ein zauberhaftes Mittsommerfest

Jede Littelfamilie hatte eine bestimmte Aufgabe bekommen. Flohling brachte mit seinen Eltern Kissen und Decken an den See. Als sie beim blauen See ankamen, herrschte schon eifriges Treiben. Er entdeckte sofort die Waldschulkinder, die mit den Füßen im Wasser stampften und sich gegenseitig nass spritzten.
Flohling fasste überall mit an und lief mehrfach die Strecke zwischen Dorf und See hin und her. Zwischendurch sah er ein paarmal in der Mühle nach, ob Muki vielleicht da war, doch das Muski war offenbar im Wald unterwegs. Hoffentlich dachte Muki an das Fest, er feierte doch so gern!
Am späten Nachmittag machte Flohling eine Pause. Er nahm sich ein Handtuch und wollte sich an den See legen, um eine Weile zu dösen. Da entdeckte er wieder die Littelkinder und gesellte sich zu ihnen.
»Hallo«, sagte Flo freundlich, »wie geht es euch denn?«
Henri zuckte mit den Schultern. »Ganz gut«, sagte er.
Flohling drehte sich zu Krümel. »Hast du nach den Regenwürmern geschaut?«
»Ich habe sie freigelassen, weil wir ja jetzt nicht mehr in die Schule gehen«, sagte Krümel.

»Ihr seid immer noch traurig, hm?«, meinte Flohling mitfühlend. »Mir hat die Waldschule auch richtig viel Spaß gemacht. Gestern habt ihr gezeigt, dass ihr euch im Wald auskennt und für alle Schwierigkeiten eine Lösung findet.«

Stina verschränkte die Arme vor der Brust. »Warum kann die Waldschule eigentlich nicht weitergehen? Die Ferien sind doch noch gar nicht zu Ende.«

»Genau«, fand Krümel. »Außerdem müsst ihr uns noch viel mehr beibringen.«

Flohling runzelte die Stirn. »Was denn zum Beispiel?«

»Na, wie man eine neue Hängebrücke baut«, sagte Anuk. »Wie man früh genug erkennt, dass ein Gewitter kommt. Und wie man richtig Karten liest, um sich nicht zu verlaufen.«

Flohling musste lachen. »Das wisst ihr schon besser als ich.«

Henri zuckte erneut mit den Schultern. »Na ja, ist ja auch egal. Gehst du mit uns in den See?«

Flohling zögerte. Eigentlich wollte er den Erwachsenen helfen ... dann entschied er sich anders. Wichtiger war doch, seine kleinen Freunde glücklich zu machen.

»Wer als Erster im Wasser ist!«

Quietschend und lachend rannten sie los. Die Littelkinder hängten sich an Flohlings Arme und kletterten auf seinen Rücken, damit er sie immer wieder ins Wasser warf. Anuk zeigte ihm, wie gut sie im Wasser Handstand machen konnte, und Krümel, dass er wie ein Delfin springen konnte.

»Es geht los!«, rief Elsa plötzlich und klatschte in die Hände. Flohling schüttelte sich erstaunt das Wasser aus den Ohren. War es bereits so spät?

Sie stapften aus dem Wasser und trockneten sich ab.

Und dann begann das Mittsommerfest!

In einer langen Parade kamen mehr und mehr Littel mit Essen und Getränken aus dem Dorf. Sie sangen, und die Umherstehenden klatschten im Takt dazu. Bald türmten sich die leckersten Speisen auf den Tischen: Tomatensuppe mit Pizzabrötchen, Rote-Beeren-Spieße und knusprige Kümmelstangen, Minzbrezeln und Rhabarbermus. Immer mehr brachten die Littel.

Doch vor dem Essen wurde getanzt, genau wie Lisbets Mama es gesagt hatte. Alle Dorfbewohner stellten sich um den großen Mittsommerkranz herum auf, der an einem hohen Pfahl befestigt war. Die Kleinsten standen Hand in Hand ganz vorn, die größeren Kinder formten einen Kreis um sie, wieder ältere bildeten einen Kreis um diese Kinder und so weiter. Sie begannen zu singen und tanzten im Kreis – die einen linksherum, die anderen rechtsherum, es war ein wunderbares Drehen und Schwingen, das jeden fröhlich stimmte. Alles endete in einem riesigen Applaus, bei dem die Littel in die Hände klatschten und mit den Füßen trappelten, um den längsten Tag des Jahres feierlich zu begrüßen.

»Aber jetzt gibt es endlich Futter!«, rief Okko laut.
Unter großem Jubel suchte sich jeder einen Platz, dann begann das große Festessen. Die Littel probierten und schmatzten, prosteten sich zu und tranken, erzählten und lachten den ganzen Abend.
Als Flohling sich gerade einen Nachtisch am Buffet aussuchte, stellte Grantel sich neben ihn.
»Hier, probier mal von diesen leckeren Erdbeertörtchen«,

sagte er und legte Flohling das letzte auf den Teller. »Ich hab bereits vier davon gegessen. Offenbar hat Krümel sie gebacken.« Er sah sich verschwörerisch um. »Sag's nicht Elsa, aber Krümel ist jetzt schon ein Meisterbäcker, manche seiner Sachen schmecken besser als die von Elsa!« Flohling nickte und schob sich eine Erdbeere in den Mund. »Da habt ihr wirklich eine tolle erste Klasse«, meinte Grantel, der Kinder sonst eher misstrauisch beobachtete. »Sie beherrschen ihre Talente großartig. Und sie haben sehr viel gelernt, wie man gestern gehört hat.« Gedankenverloren nahm er das Törtchen von Flohlings Teller. »Ich habe Anuk einmal beobachtet, wie sie mit der Eule gesprochen hat. Sie hat so ein großes Verständnis für Tiere.« Genüsslich biss er ein Stück nach dem anderen vom Törtchen

ab. »Ich wohne ja nicht mehr lange bei dir in der Mühle«, sagte Grantel schmatzend. »Dann ziehe ich in mein altes Haus. Natürlich helfe ich dir gern weiter. Doch was hältst du davon, wenn Anuk dir auch zur Hand geht?« Er steckte sich das letzte Kuchenstück in den Mund und leckte sich die Finger ab. Dann hielt er plötzlich inne. »Upsch, jetsch hab ich allesch gegeschn«, sagte er und wurde ganz rot um seine Littelnase.

Flohling lachte. »Ich dachte, du merkst es gar nicht. Das macht nichts. Anuk ist wirklich eine tolle Helferin, ich habe mir das auch schon überlegt. Du kannst beruhigt zurück in dein altes Haus ziehen.«

Grantel nickte. »Und jetzt hole ich dir ein neues Erdbeertörtchen. Ich weiß, dass Lungo noch welche auf dem Teller hat, eins davon mopse ich für dich.« Schmunzelnd nahm er Flohling den Teller aus der Hand und verschwand.

Flohling sah ihm nachdenklich hinterher. Es war schade, dass Grantel bald auszog. Aber Flohling wusste genau, dass er immer für ihn da sein würde.

Kurz darauf kam Lisbet auf ihn zu. Sie hielt einen Teller mit zwei Erdbeertörtchen in der Hand. »Hier, das soll ich dir von Grantel geben«, sagte sie. »Kriege ich eins davon ab?«

Flohling nickte und nahm schnell eins der Törtchen in die Hand, bevor noch jemand anders zulangen konnte. Er erzählte Lisbet von Grantels Idee, dass Anuk ihm in der Mühle helfen könnte.

»Das finde ich super«, meinte Lisbet. »Solange sie als

Littelamme nicht gebraucht wird, kann sie dir gut helfen. Sie macht es doch so gern. Komm, wir sagen es ihr!«
Gemeinsam suchten sie Anuk. Das Littelmädchen freute sich riesig.
»Jaja, das möchte ich unbedingt! Ich muss noch meine Eltern fragen, aber das erlauben sie mir bestimmt!«, rief sie und flitzte gleich davon.
Dafür gesellte sich Okko zu ihnen, und sie setzten sich ins Gras.
»Hey, ihr zwei«, sagte er. »Wisst ihr, dass ich es hammermäßig finde, was ihr mit eurer Waldschule geschafft habt?« Er knuffte Flohling in die Seite. »Meine kleine Schwester hat jetzt echt viel Ahnung von allem, dauernd verbessert sie mich, ganz schön nervig.« Er lachte. »Also, was haltet ihr denn davon, wenn ich mal in eurer Schule unterrichte? Ich bin vielleicht nicht so ein guter Lehrer wie ihr, aber ich weiß viel über Werkzeuge, über Metalle und auch über Holz und Feuer.«
Flohling richtete sich auf. »Okko, die Waldschule ist vorbei.«
Okko grinste von einem Ohr zum anderen. »Nee, ist sie nicht. Ich habe meinen Eltern gesagt, dass es eine Schande wäre, sie zu schließen. Und zusammen haben wir die anderen Eltern überzeugt. Die Waldschule darf für den Rest der Ferien wieder öffnen.«
»Ahh, das ist ja super!«, Lisbet drehte sich zu Okko und umarmte ihn so stürmisch, dass er ins Gras kippte.

»Okko, du bist genial!« Flohling rupfte ein paar Grashalme ab und warf sie ihm liebevoll auf den Kopf.
»Hey!«, rief Okko. »Jetzt hab ich Grashalme im Ohr. Das schreit nach Rache!« Mit schnellen Griffen zupfte er zwei volle Hände grünes Gras und warf es auf Lisbet und Flohling.
»Was tut ihr da?«, fragte Anuk. »Wenn wir meinen Bruder ärgern, will ich mitmachen.«
Okko grinste. »Wir feiern, dass die Waldschule am Montag wieder öffnet.«
»Ist das wahr?«, schrie Anuk entzückt. »Henri, Krümel, Stina! Wir dürfen wieder in die Waldschule!« Sie umarmte die anderen, die wild mit ihr im Kreis hüpften.
Als sie wieder stillstanden, strahlten sie Flohling und Lisbet an.
»Freut ihr euch auch?«, fragte Stina.
»Und wie!«, versicherten sie.
Anuk stemmte die Hände in die Hüften. »Und warum habt ihr eben Gras auf Okko geworfen?«
Flohling schmunzelte. »Weil *er* dafür gesorgt hat, dass die Waldschule weitergeht. Da wollten wir uns mit einer Graskrone bedanken.«
»Tolle Idee«, fand Anuk, bückte sich und schmiss auch ein Büschel Gras auf Okkos Kopf. »Danke, Bruderherz.«
»Hey, du kleine Nervensäge!«, brüllte er und warf das Gras zurück. Doch schon flogen weitere Grashalme von allen Seiten auf ihn zu.

»Danke, lieber Okko!«, riefen die Kinder kichernd.
Im Nu war die schönste Grasschlacht entflammt, die bald zu einer Wasserschlacht wurde, bei der das halbe Dorf mitmachte.

Als an diesem längsten Tag des Jahres schließlich die Dämmerung hereinbrach, entzündete Okko das große Lagerfeuer, und alle kamen an der Feuerstelle zusammen. Die Flammen prasselten, und Opa Onno fing an, alte Lieder von ihren Vorfahren zu singen, die vor vielen, vielen Jahren im Littelwald gelebt hatten. Es war sommerwarm und herrlich gemütlich.
Flohling und Lisbet lagen auf einer Decke etwas abseits des Feuers und sahen zu den Sternen hinauf.
»Es ist so schön bei uns im Littelwald«, sagte Lisbet leise.
Flohling brummte zustimmend.
Ein leises Huschen ließ sie aufhorchen.
»Sindwir das!«, rief Muki, der Viola an der Hand hielt.
»Ach, da seid ihr ja«, freute sich Flohling. »Habt ihr das Fest verpasst?«
»Habenwir das nix verpasst«, versicherte das Muski. »Haben wir euch von der anderen Seeseite aus beobachtet.«
Es kicherte hell auf.
Flohling schmunzelte. »Soso. Ihr habt uns also beobachtet.«
»Jahihi«, sagte Muki. »Bissu lustig gesprungen. Hassu vielleicht Splitter im Fuß gehabt.«

Flohling wusste gleich, was er meinte. »Ich habe ge*tanzt*«, sagte er. »Das *muss* so aussehen.«

»Nein, habendie anderen keinen Splitter gehabt«, kicherte Muki.

Lisbet lachte.

Da kitzelte Flohling Muki unter seinen Flügeln, erst links, dann rechts – und dann unter den Pfoten, bis das Muski vor lauter Lachen ins Gras plumpste. Doch es stürzte sich gleich noch einmal auf Flohling und kitzelte nun ihn hinter den Ohren.

Ganz in ihrer Nähe saß Anuk auf einem Stein am Ufer. Sie blickte zu ihnen herüber.

»Gehich zu Anuk«, sagte Viola und winkte Lisbet. »Isses da leiser.«

»Natürlich, geh nur.«

Viola flatterte auf.

»Schau mal«, flüsterte Lisbet Flohling zu. »Anuk kümmert sich schon wieder um ein Tier. Sie ist sicher eine große Hilfe in deiner Mühle.« Zufrieden beobachtete sie, wie das Muskimädchen sich an Anuk kuschelte.

»Kümmertsich um welches Tier? Um Viola?« Muki streckte neugierig den Kopf in die Höhe. Doch Flohling zog Muki sofort wieder runter und kitzelte ihn am Bauch.

»Sinddie lustig«, sagte das Muskimädchen leise zu Anuk.

»Sehr lustig«, entgegnete Anuk. »Du hast da einen tollen Muskimann gefunden.«

»Ja, habich das«, hauchte Viola glücklich.

Anuk legte Viola liebevoll den Arm um die kleinen Schultern. Kurz darauf begann sie zu lächeln und flüsterte: »Du hast ein Geheimnis.«

Viola sah sie erstaunt an, dann lächelte sie und legte ihre kleine Pfote auf ihren Bauch. »Ja, habich ein Geheimnis«, flüsterte sie. »Aber weißdas Muki noch nicht. Musstdu nix sagen.«

»Versprochen«, sagte Anuk. Sie war glücklich – nun hatte sie endlich jemanden im Dorf, der ein Baby erwartete.

Als Flohling und Muki zu Ende getobt hatten, setzten

Anuk und Viola sich wieder zu ihnen und Lisbet. Eng aneinandergeschmiegt lagen sie auf der Decke und sahen zu den Sternen hinauf.

»Ist das Leben nicht wunderschön?«, fragte Flohling, während eine helle Sternschnuppe funkelnd über den Himmel zog.

»Ja, voller schöner Wunder«, sagte Anuk.

»Kennich sehr große Wunder«, meinte Muki.

»Kennich auch sehr kleine«, sagte Viola leise.

Und dann lagen sie einfach nur da und waren glücklich. So, wie es jeder manchmal sein sollte.

Rutz-Putz-Räuberschmutz

Nina Weger
Der kleine Räuber Rapido
Der riesengroße Räuberrabatz
Band 1
112 Seiten · Ab 5 Jahren
ISBN 978-3-7891-1478-6

„Warum müssen Räuber räubern?", will der kleine Räuber Rapido wissen. Für seinen Freund, den Waschbären Störenfried, ist das völlig klar: Weil sie Räuber heißen! „Und warum heißen sie Räuber?" Tja, genau das ist das Problem: Rapido fragt zu viel. Er denkt zu viel. Er ist einfach völlig unräuberisch. Das findet auch sein Vater, Räuberhauptmann Rigoros. Aber dann zeigt Rapido allen, was er kann!

Die Welt erobern!
Ritterspaß für die ganze Familie

Kirsten Boie
Der kleine Ritter Trenk
ISBN 978-3-7891-3163-9

Kirsten Boie
Der kleine Ritter Trenk und der Große Gefährliche
ISBN 978-3-7891-3193-6

Leibeigen geboren, leibeigen gestorben, leibeigen ein Leben lang – ja, so heißt es wohl! Der Bauernjunge Trenk will sich das nicht gefallen lassen. Und so bricht Trenk mit seinem Ferkelchen am Strick auf in die Stadt, um dort sein Glück zu machen. Dafür muss er sogar gegen den gefährlichen Drachen kämpfen ...

Oetinger

Weitere Informationen unter:
www.oetinger.de

Die Streiche von Michel aus Lönneberga

Astrid Lindgren
Michel in der Suppenschüssel
112 Seiten · Ab 5 Jahren
ISBN 978-3-7891-1079-5

Astrid Lindgren
Michel muss mehr Männchen machen
144 Seiten · Ab 5 Jahren
ISBN 978-3-7891-1080-1

Astrid Lindgren
Michel bringt die Welt in Ordnung
176 Seiten · Ab 5 Jahren
ISBN 978-3-7891-1081-8

Michel aus Lönneberga ist fünf Jahre alt und stark wie ein kleiner Ochse. Wenn er schläft, kann man ihn fast für einen Engel halten. Aber wenn er wach ist, dann hat er mehr Unsinn im Kopf als irgendein anderer Junge auf der ganzen Welt! Wie zum Beispiel an dem Tag, als Michel seinen Kopf in die Suppenschüssel steckt. Wenn er etwas angestellt hat, schickt sein Papa ihn in den Tischlerschuppen. Jedes Mal schnitzt Michel sich dort ein lustiges Holzmännchen. Mehr als hundert hat er schon und es kommen immer wieder neue dazu ...

Ein Schatz für jedes Kinderzimmer: die Klassiker von Astrid Lindgren, mit hinreißenden bunten Bildern der Illustratorin Astrid Henn.

Oetinger

Weitere Informationen unter:
www.oetinger.de